文豪たちが書いた
笑う

名作短編集

彩図社文芸部 編

彩図社

序

本書には、11人の名だたる文豪たちによる「笑える話」が13作品収録されています。

誰もが知る昔話を皮肉たっぷりに描いた芥川龍之介の「桃太郎」、素直になれない男の〝ツンデレ小説〟である太宰治の「畜犬談」、都会の恐ろしさをユーモラスに綴った夢野久作の「恐ろしい東京」、独特な語り口が癖になる、シュールでナンセンスな坂口安吾の「風博士」などなど……。

馬鹿馬鹿しくて笑えるものから皮肉が効いたブラックジョークまで、様々な笑いの形を意識して選定しました。

堅苦しい「文学」のイメージとは一味違う、おかしくも味わい深い名文たちをご堪能ください。

彩図社文芸部

文豪たちが書いた

笑う名作短編集

―目次―

序　3
算盤が恋を語る話　江戸川乱歩　11
殿さまの茶わん　小川未明　29
畜犬談——伊馬鵜平君に与える　太宰治　38
酒ぎらい　太宰治　61
恐ろしい東京　夢野久作　72
手品師　豊島与志雄　78
或良人の惨敗　佐々木邦　91

永日小品（抄）　夏目漱石　111
風博士　坂口安吾　115
流感記　梅崎春生　126
蠅　横光利一　132
桃太郎　芥川龍之介　143
芋粥　芥川龍之介　154

著者略歴　184
出典一覧　191

文豪たちが書いた
笑う名作短編集

算盤が恋を語る話

江戸川乱歩

○○造船株式会社会計係りのTは、きょうはどうしたものか、いつになく早くから事務所へやってきました。そして、会計部の事務室へはいると、外套《がいとう》と帽子をかたえの壁にかけながら、いかにも落ちつかぬ様子で、キョロキョロと室の中を見まわすのでした。

出勤時間の九時にだいぶ間がありますので、そこにはまだだれも来ていません。たくさんならんだ安物のデスクに白くほこりのつまったのが、まぶしい朝の日光に照らし出されているばかりです。

Tはだれもいないのを確かめると、自分の席へは着かないで、隣の、彼の助手を勤めている若い女事務員のS子のデスクの前に、そっと腰をかけました。そして何かこう、盗みでもするような恰好で、そこの本立ての中にたくさんの帳簿といっしょに立ててあった一挺の算盤《そろばん》を取出すと、デスクの端において、いかにもなれた手つきでその玉をパチパチはじきました。

「十二億四千五百三十二万二千二百二十二円七十二銭なりか。フフ」

彼はそこにおかれた非常に大きな金額を読みあげて、妙な笑い方をしました。そして、その算盤をそのままS子のデスクのなるべく目につきやすい場所へおいて、自分の席に帰ると、なにげなくその日の仕事に取りかかるのでした。

間もなく、ひとりの事務員がドアをあけてはいってきました。

「やあ、ばかに早いですね」

彼は驚いたようにTにあいさつしました。

「お早う」

Tは内気者らしく、のどへつまったような声で答えました。普通の事務員同士であったら、ここで何か景気のいい冗談の一つも取りかわすのでしょうが、Tのまじめな性質を知っている相手は、気づまりのようにそのままだまって自分の席に着くと、バタンバタン音をさせて帳簿などを取り出すのでした。

やがて次から次へと、事務員たちがはいってきました。そして、その中にはもちろんTの助手のS子もまじっていたのです。彼女は隣席のTの方へ丁寧にあいさつをしておいて、自分のデスクに着きました。

Tは一生懸命に仕事をしているような顔をして、そっと彼女の動作に注意していました。

「彼女は机の上の算盤に気がつくだろうか」

彼はヒヤヒヤしながら横目でそれを見ていたのです。ところが、Tの失望したことは、彼女はそこに算盤が出ていることを少しもあやしまないで、さっさとそれを脇へのけると、背皮に金文字で、「原価計算簿」としるした大きな帳簿を取り出して、机の上にひろげるのでした。それを見たTはがっかりしてしまいました。彼の計画はまんまと失敗に帰したのです。

「だが、いちどぐらい失敗したって失望することはない。S子が気づくまでなんどだって繰り返せばいいのだ」

Tは心の中でそう思って、やっと気をとりなおしました。そしていつものようにまじめくさって、あたえられた仕事にいそしむのでした。

そとの事務員たちは、てんでに冗談を言いあったり、不平をこぼしあったり、一日ざわざわ騒いでいるのに、Tだけはその仲間に加わらないで、退出時間がくるまでは、むっつりとして、こつこつ仕事をしていました。

「十二億四千五百三十二万二千二百二十二円七十二銭」

Tはその翌日も、S子の算盤に同じ金額をはじいて、机の上の目につく場所へおきました。そしてきのうと同じように、S子が出勤して席につく時の様子を熱心に見まもっていました。すると、彼女はやっぱりなんの気もつかないで、その算盤を脇へのけてしまうのです。

その次の日もまた次の日も、五日のあいだ同じことが繰り返されました。そして、六日目の朝のことです。

その日はどうかしてS子がいつもより早く出勤してきました。それはちょうど例の金額を、S子の算盤において、やっと自分の席へもどったばかりのところだったものですから、Tは少からずうろたえました。もしや今、算盤をおいているところを見られはしなかったか。彼はビクビクしながらS子の顔を見ました。しかし、仕合せにも、彼女は何も知らぬ様にいつもの丁寧なあいさつをして自席に着きました。

事務室にはTとS子ただふたりきりでした。

「こんどの××丸はもうやがてボイラーを取りつける時分ですが、製造原価の方もだいぶかさみましたろうね」

Tはてれかくしのようにこんなことを問いかけました。臆病者の彼は、こうした絶好の機会にも、とても仕事以外のことは口がきけないのです。

「ええ、工賃をまぜると、もう八十万円を越しましたわ」

S子はちらっとTの顔を見て答えました。

「そうですか。こんどのはだいぶ大仕事ですね。でも、うまいもんですよ。そいつを倍にも売りつけるんですからね」

ああ、おれはとんでもない下品なことをいってしまった。Tはそれに気づくと思わず顔を赤くしました。この普通の人々にはなんでもないようなことがTには非常に気になるのです。そして、その赤面したところを相手に見られたという意識が、彼の頬をいっそうほてらせます。彼は変な空咳をしながら、あらぬほうを向いてそれをごまかそうとしました。しかし、S子は、この立派な口ひげをはやした上役のTが、まさかそんなことで狼狽していようとは気づきませんから、なにげなく彼の言葉に合いづちを打つのでした。

そうして二たこと三こと話しあっているうちに、ふとS子は机の上の例の算盤に目をつけました。Tは思わずハッとして、彼女の眼つきに注意しましたが、彼女は、ただちょっとのあいだ、そのばかばかしく大きな金額を不審そうに見たばかりで、すぐ眼を上げて会話をつづけるのです。Tはまたしても失望を繰り返さねばなりませんでした。

それからまた数日のあいだ、同じことが執拗につづけられました。Tは毎朝S子の席に着く時をおそろしいような楽しいような気持で待ちました。でも二日三日とたつうちには、S子も帰る時には本立へかたづけておく算盤が、朝来てみると必ず机のまんなかにキチンとおいてあるのを、どうやら不審がっている様子でした。そこにいつも同じ数字が示されているのにも気がついた様子です。ある時などは声を出してその十二億四千何百という金額を読んでいたくらいです。

そしてある日とうとうTの計画が成功しました。それは、最初から二週間もたった時分でしたが、その朝S子がいつもより長いあいだ例の算盤を見つめていました。小首を傾けてなにか考え込んでいるのです。Tはもう胸をドキドキさせながら、彼女の表情を、どんな些細な変化をも見のがすまいと、異常な熱心さでじっと見まもっていました。息づまる様な数分間でした。が、しばらくすると、突然、何かハッとした様子で、S子が彼の方をふり向きました。そして、ふたりの眼がパッタリ出あってしまったのです。

Tは、その瞬間、彼女が何もかも悟ったに違いないと感じました。というのは、彼女はTの意味あり気な凝視に気づくと、いきなり真赤になってあちらを向いてしまったからです。もっとも、とりようによっては、彼女はただ、男から見つめられていたのに気づいて、その恥ずかしさで赤面したのかもしれないのですが、のぼせ上がったそのときのTには、そこまで考える余裕はありません。彼は自分も赤くなりながら、しかし非常な満足をもって、紅のように染まった彼女の美しい耳たぶを、気もそぞろにながめたことです。

ここでちょっと、Tのこの不思議な行為について説明しておかねばなりません。

読む人はすでに推察されたことと思いますが、Tは世にも内気な男でした。そして、それが女に対しては一層ひどいのです。彼は学校を出てまだ間もないのではありますけれど、それにしても三十近い今日まで、なんと、いちども恋をしたことがない、いや、ろくろく若い女と口をきいたことすらないのです。むろん機会がなかったわけではありません。ちょっと想像もできないほど臆病な彼の性質が禍《わざわい》したのです。それは一つは彼が自分の容貌に自信を持ち得ないからでもありました。うっかり恋をうちあけて、もしはねつけられたら。それがこわいのでした。臆病でいながら人一倍自尊心の強い彼は、そうして恋を拒絶せられた場合の、気まずさ恥ずかしさが、何よりも恐ろしく感じられたのです。「あんないけすかない人っちゃないわ」そういったゾッとするような言葉が、容貌に自信のない彼の耳許でたえず聞こえていました。

ところが、さしもの彼もこんどばかりは辛抱しきれなかったと見えます。S子はそれほど彼の心を捉えたのです。しかし、彼には、それを正面から堂々と訴えるだけの勇気はもちろんありませんでした。なんとかして拒絶された場合にも、少しも恥しくないような方法はないものかしら。卑怯にも彼はそんなことを考えるようになりました。そして、こうした男に特有の異常な執拗さをもっていろいろな方法を考えては打ち消し、考えては打ち消しするのでした。

彼は会社で当のS子と席をならべて事務をとりながらも、そして彼女とさりげなく仕事の上の会話を取りかわしながらも、たえずそのことばかり考えていました。帳簿をつける時も、算盤をはじく時も、少しも忘れる暇はないのです。するとある日のことでした。彼は算盤をはじきながら、ふと妙なことを考えつきました。

「少しわかりにくいかもしれぬが、これなら申し分がないな」

彼はニヤリと会心の笑みを浮かべたことです。彼の会社では、数千人の職工たちに毎月二回にわけて賃銀《ちんぎん》を支払うことになっていて、会計部は、その都度、工場から廻されるタイムカードによって、各職工の賃銀を計算し、ひとりひとりの賃銀袋にそれを入れて、各部の職長に手渡すまでの仕事をやるのでした。そのためには、数名の賃銀計算係というものがいるのですけれど、非常にいそがしい仕事だものですから、多くの場合には、会計部の手すきのものが総出で、読み合わせから何から手伝うことになっていました。

その際に、記帳の都合上、いつも何千というカードを、職工の姓名の頭字で（いろは）順に仕訳をする必要があるのです。はじめのうちは机をとりのけて広くした場所へそれをただ「いろは」順にならべていくことにしていましたが、それでは手間取るというので、一度アカサタナハマヤラワと分類して、そのおのおのをさらにアイウエオなりカキクケコなりに仕訳ける方法をとることにしました。それを始終やっているものですから、会計部のものはアイウエオ五十音の位置を、もう諳《そら》んじているのです。たとえば「野崎」といえば五行目（ナ行）の第五番というふうにすぐ頭に浮かぶのです。

Tはこれを逆に適用して、算盤に表わした数字によって簡単な暗号通信をやろうとしたのです。つまり、ノの字を現わすためには五十五と算盤をおけばよいのです。それがのべつにつづいていてはちょっとわかりにくいかも知れませんけれど、よく見ているうちには、日頃おなじみの数ですから、いつか気づく時があるに違いありません。

では、彼はS子にどういう言葉を通信したか、こころみにそれを解いてみましょうか。

十二億は一行目（ア行）の第二字という意味ですからイです。四千五百は四行目（タ行）の第五字ですからトです。同様にして三十二万はシ、二千二百はキ、二十二円もキ、七十二銭はミです。すなわち「いとしききみ」となります。

「愛しき君」もしこれを口にしたり、文章に書くのでしたら、Tには恥ずかしくてとてもできなかったでしょうが、こういうふうに算盤におくのならば平気です。ほかのものに悟られた場合には、なに偶然算盤の玉がそんなふうにならんでいたんだと言い抜けることができます。だいいち手紙などと違って証拠の残る憂いがないのです。実に万全の策といわねばなりません。幸いにして、S子がこれを解読して受入れてくれればよし、万一そうでなかったとしても、彼女には、言葉や手紙で訴えたのと違って、あらわに拒絶することもできなければ、それを人に吹聴するわけにもいかないのです。さてこの方法はどうやら成功したらしく思われます。

「あのS子のそぶりでは、まず十中八九は大丈夫だ」

これならいよいよ大丈夫だと思ったTは、こんどは少し金額をかえて、

「六十二万五千五百八十一円七十一銭」

とおきました。それをまた数日のあいだつづけたのです。これも前と同じ方法であてはめてみればすぐわかるのですが、「ヒノヤマ」となります。樋の山というのは、会社からあまり遠くない小山の上にある、その町の小さな遊園地でした。Tはこうしてあいびきの場所まで通信しはじめたのです。

そのある日のことでした。もう充分暗黙の了解が成り立っていると確信していたにかかわらず、Tはまだ仕事以外の言葉を話しかける勇気がなく、あいかわらず帳簿のことなぞを話題にしてS子と話していました。すると、ちょっと会話の途切れたあとで、S子はTの顔をジロジロ見ながら、その可愛い口許《くちもと》にちょっと笑みを浮かべてこんなことをいうのです。

「ここへ算盤をお出しになるの、あなたでしょ。もう先からね。あたしどういうわけだろうと思っていましたわ」

Ｔはギックリしましたが、ここでそれを否定しては折角の苦心が水のあわだと思ったものですから、満身の勇気をふるい起こしてこう答えました。

「ええ、僕ですよ」

だがなさけないことに、その声はおびただしくふるえていました。

「あら、やっぱりそうでしたの。ホホホホ」

そうして彼女はすぐほかの話題に話をそらしてしまったことですが、Ｔにはその時のＳ子の言葉がいつまでも忘れられないのでした。彼女はどういうわけであんなことをいったのでしょう。肯定のようにもとれます。そうかと思えばまた、まるで無邪気になにごとも気づいていないようでもあります。

「女の心持なんて、おれにはとてもわからない」

彼はいまさらのように嘆息するのでした。

「だが、ともあれ最後までやってみよう。たとえすっかり感づいていても、彼女もやっぱり恥ずかしいのだ」

彼にはそれがまんざらうぬぼれのためばかりだとも考えられぬのでした。そこで、その翌日、こんどは思いきって、

「二二八五一三二一一四九二五二」

とおきました。「キョウカエリニ」すなわち「今日帰りに」という意味です。これで一か八か、かたがつこうというものです。今日社の帰りに彼女が樋の山遊園地へくればよし、もしこなければ、こんどの計画は全然失敗なのです。

「今日帰りに」。その意味を悟った時、うぶな少女は一方ならず胸騒ぎを覚えたに違いありません。だが、あのとりすました平気らしい様子はどうしたことでしょう。ああ、吉か兇か、なんというもどかしさだ。Tはその日に限って退社時間が待ち遠しくて仕方がありませんでした。仕事なんかほとんど手につかないのです。

でも、やがて待ちに待った退社時間の四時がきました。事務室のそこここにバタンバタンと帳簿などをかたづける音がして、気の早い連中はもう外套を着ています。Tはじっとはやる心をおさえてS子の様子を注意していました。もし彼女が彼の指図にしたがって指定の場所にくるつもりなら、いかに平気をよそおっていても、帰りのあいさつをする時には、どこか態度にそれが現れぬはずはないと考えたのです。

しかし、ああ、やっぱりだめなのかな。彼女がTにいつもとおなじ丁寧なあいさつを残して、そこの壁にかけてあった襟巻《えりまき》をとり、ドアをあけて事務室を出ていってしまうまで、彼女の表情や態度からは、常にかわったなにものをも見出すことができないのでした。

思いまよったTは、ぼんやりと彼女のあとを見送ったまま、席を立とうともしませんでした。

「ざまを見ろ。お前のような男は、年から年中、こつこつと仕事さえしていればいいのだ。恋なんかがらにないのだ」

彼はわれとわが身を呪わないではいられませんでした。そして、光を失った悲しげな目で、じっと一つところを見つめたまま、いつまでもいつまでも甲斐なき物思いにふけるのでした。

ところが、しばらくそうしているうちに、彼はふとあるものを発見しました。今まで少しも気づかないでいた、S子のきれいにかたづけられた机の上に、これはどうしたというのでしょう。彼が毎朝やる通りにあの算盤がチャンとおいてあるではありませんか。

思いがけぬ喜びが、ハッと彼の胸をおどらせました。彼はいきなりそのそばへ寄って、そこに示された数字を読んでみました。

「八十三万二千二百七十一円三十三銭」

スーッと熱いものが、彼の頭の中にひろがりました。そして、にわかに早まった動悸が耳許で早鐘のように鳴り響きました。その算盤には彼のとおなじ暗号で「ゆきます」とおかれてあったのです。S子が彼に残していった返事でなくてなんでしょう。

彼はやにわに外套と帽子をとると、机の上をかたづけることさえ忘れてしまって、いきなり事務室を飛び出しました。そして、そこにじっとたたずんで、彼のくるのを待ちわびているS子の姿を想像しながら、息せききって樋の山遊園地へと駈けつけました。

そこは遊園地といっても、小山の頂にちょっとした広場があって、一、二軒の茶店が出ているきりの、見はらしがよいというほかには取柄のない場所なのですが、見れば、もうその茶店も店を閉じてしまってガランとした広場には、暮れるに間のない赤茶けた日光が、樹立の影を長々と地上にしるしているばかりで、人っ子ひとりいないではありませんか。

「じゃあ、きっと彼女は着物でも着がえるために、いちど家に帰ったのだろう。なるほど、考えてみれば、あの古い海老茶の袴をはいた事務員姿では、まさか来られまいからな」

算盤の返事に安心しきった彼は、そこにほうり出してあった茶店の床几《しょうぎ》に腰かけて、煙草をふかしながら、この生れて初めての待つ身のつらさを、どうして、つらいどころか、甚だ甘い気持で味わうのでした。

しかし、S子はなかなかやって来ないのです。あたりは段々薄暗くなってきます。悲しげな鳥どもの鳴き声や、間近の駅から聞こえてくる汽笛の音などが、広場の真ん中に一人ぼつねんと腰をかけているTの心にさびしく響いて来ます。

やがて夜が来ました。広場のところどころに立てられた電燈が寒く光り始めます。こうなると、さすがのTも不安を感じないではいられませんでした。

「ひょっとしたら、家の首尾が悪くて出られないのかもしれない」

今では、それが唯一の望みでした。

「それともまた、おれの思い違いではないかしら。あれは暗号でもなんでもなかったのかもしれない」

彼はいらいらしながら、その辺をあちらこちらと歩き廻るのでした。心の中がまるで空っぽになってしまって、ただ頭だけがカッカとほてるのです。S子の色々の姿態が、表情が、言葉が、それからそれへと目先に浮かんで来ます。

「きっと、彼女も家でくよくよおれのことを心配しているのだ」

そう思う時には、彼の心臓は熱病のように烈しく鳴るのです。しかし、またある時は身も世もあられぬ焦燥が襲ってきます。そして、この寒空に来ぬ人を待って、いつまでもこんなところにうろついている我が身が、腹立たしいほどおろかに思われてくるのです。

二時間以上も空しく待ったでしょうか。もう辛抱しきれなくなった彼は、やがてとぼとぼと力ない足どりで山を下りはじめました。

そして山の半ばほど降りた時です。彼はハッとしたようにそこへ立ちすくみました。ふと、とんでもない考えが彼の頭に浮かんだのです。

「だが、果してそんなことがあり得るだろうか」

彼はその馬鹿馬鹿しい考えを一笑に付してしまおうとしました。しかし、一度浮かんだ疑いは容易に消し去るべくもありません。彼はもう、それを確かめてみないではじっとしていられないのでした。

彼は大急ぎで会社へ引き返しました。そして、小使に会計部の事務室のドアを開かせると、やにわにS子の机の前へ行って、そこの本立てに立ててあった原価計算簿を取り出し、××丸の製造原価を記入した部分を開きました。

「八十三万二千二百七十一円三十三銭」

これはまあなんという奇蹟《きせき》でしょう。その帳尻の締め高は、偶然にも「ゆきます」というあの暗号に一致していたではありませんか。今日S子はその締高を計算したまま、算盤をかたづけるのを忘れて帰ったというに過ぎないのです。そして、それは決して恋の通信などではなくて、ただ魂のない数字の羅列だったのです。

あまりのことにあっけにとられた彼は、一種異様な顔つきで、ボンヤリとその呪わしい数字を眺めていました。すべての思考力を失った彼の頭の中には、彼の十数日にわたる惨憺たる焦慮などには少しも気づかないで、あの快活な笑い声を立てながら、暖かい家庭で無邪気に談笑しているS子の姿がまざまざと浮かんでくるのでした。

殿さまの茶わん

小川未明

昔、ある国に有名な陶器師がありました。代々陶器を焼いて、その家の品といえば、遠い他国にまで名が響いていたのであります。代々の主人は、山から出る土を吟味いたしました。また、いい絵かきを雇いました。また、たくさんの職人を雇いました。

花びんや、茶わんや、さらや、いろいろのものを造りました。旅人は、その国に入りますと、いずれも、この陶器店をたずねぬほどのものはなかったのです。そして、さっそく、その店にまいりました。

「ああ、なんというりっぱなさらだろう。また、茶わんだろう……」といって、それを見て感嘆いたしました。

「これを土産に買っていこう」と、旅人は、いずれも、花びんか、さらか、茶わんを買ってゆくのでありました。そして、この店の陶器は、船に乗せられて他国へもゆきました。

ある日のことでございます。身分の高いお役人が、店頭にお見えになりました。お役人は主人を呼び出されて、陶器を子細に見られまして、

「なるほど、上手に焼いてあるとみえて、いずれも軽く、しかも手際よく薄手にできている。これならば、こちらに命令をしてもさしつかえあるまい。じつは、殿さまのご使用あそばされる茶わんを、念に念を入れて造ってもらいたい。それがために出向いたのだ」と、お役人は申されました。

陶器店の主人は、正直な男でありまして、恐れ入りました。

「できるだけ念に念を入れて造ります。まことにこの上の名誉はございませんしだいです」といって、お礼を申しあげました。

役人は立ち帰りました。その後で、主人は店のもの全部を集めて、事のしだいを告げ、

「殿さまのお茶わんを造るように命ぜられるなんて、こんな名誉のことはない。おまえがたも精いっぱいに、これまでにない上等な品物を造ってくれなければならない。軽い、薄手のがいいとお役人さまも申されたが、陶器はそれがほんとうなんだ」と、主人

は、いろいろのことを注意しました。

それから幾日かかって、殿さまのお茶わんができあがりました。また、いつかのお役人が、店頭へきました。

「殿さまの茶わんは、まだできないか」と、役人はいいました。

「今日にも、持って上がろうと思っていたのでございます。たびたびお出かけを願って、まことに恐縮の至りにぞんじます」と、主人はいいました。

「さだめし、軽く、薄手にできたであろう」と、役人はいいました。

「これでございます」と、主人は、役人にお目にかけました。

それは、軽い、薄手の上等な茶わんでありました。茶わんの地は真っ白で、すきとおるようでございました。そして、それに殿さまの御紋がついていました。

「なるほど、これは上等の品だ。なかなかいい音がする」といって、お役人は、茶わんを掌《て》の上に乗せて、つめではじいて見ていました。

「もう、これより軽い、薄手にはできないのでございます」と、主人は、うやうやしく頭を下げて役人に申しました。

役人は、うなずいて、さっそく、その茶わんを御殿へ持参するように申しつけて帰られました。

主人は、羽織・はかまを着けて、茶わんをりっぱな箱の中に収めて、それをかかえて参上いたしました。

世間には、この町の有名な陶器店が、今度、殿さまのお茶わんを、念に念を入れて造ったという評判が起こったのであります。

お役人は、殿さまの前に、茶わんをささげて、持ってまいりました。

「これは、この国での有名な陶器師が、念に念を入れて造った殿さまのお茶わんでございます。できるだけ軽く、薄手に造りました。お気に召すか、いかがでございますか」と申しあげました。

殿さまは、茶わんを取りあげてごらんなさると、なるほど軽い、薄手の茶わんでございました。ちょうど持っているかいないか、気のつかないほどでございました。

「茶わんの善悪は、なんできめるのだ」と、殿さまは申されました。

「すべて陶器は、軽い、薄手のを貴びます。茶わんの重い、厚手のは、まことに品のないものでございます」と、役人はお答えしました。

殿さまは、黙ってうなずかれました。そして、その日から、殿さまの食膳には、その茶わんが供えられたのであります。

殿さまは、忍耐強いお方でありましたから、苦しいこともけっして、口に出して申されませんでした。そして、一国をつかさどっていられる方でありましたから、すこしぐらいのことには驚きはなされませんでした。

今度、新しく、薄手の茶わんが上がってからというものは、三度のお食事に殿さまは、いつも手を焼くような熱さを、顔にも出されずに我慢をなされました。

「いい陶器というものは、こんな苦しみを耐えなければ、愛玩《あいがん》ができないものか」と、殿さまは疑われたこともあります。また、あるときは、

「いやそうでない。家来どもが、毎日、俺に苦痛を忘れてはならないという、忠義の心から熱さを耐《こら》えさせるのであろう」と思われたこともあります。

「いや、そうでない。みんなが俺を強いものだと信じているので、こんなことは問題としないのだろう」と思われたこともありました。

けれど、殿さまは、毎日お食事のときに茶わんをごらんになると、なんということなく、顔色が曇るのでございました。

あるとき、殿さまは山国を旅行なされました。その地方には、殿さまのお宿をするい

い宿屋もありませんでしたから、百姓家にお泊まりなされました。

百姓は、お世辞のないかわりに、まことにしんせつでありました。殿さまはどんなにそれを心からお喜びなされたかしれません。いくらさしあげたいと思っても、山国の不便なところでありましたから、さしあげるものもありませんでしたけれど、殿さまは、百姓の真心をうれしく思われ、そして、みんなの食べるものを喜んでお食べになりました。

季節は、もう秋の末で寒うございましたから、熱いお汁が身体をあたためて、たいへんうもうございましたが、茶わんは厚いから、けっして手が焼けるようなことがありませんでした。

殿さまは、このとき、ご自分の生活をなんという煩わしいことかと思われました。いくら軽くたって、また薄手であったとて、茶わんにたいした変わりのあるはずがない。それを軽い薄手が上等なものとしてあり、それを使わなければならぬということは、なんというう（る）さいばかげたことかと思われました。

殿さまは、百姓のお膳に乗せてある茶わんを取りあげて、つくづくごらんになっていました。

「この茶わんは、なんというものが造ったのだ」と申されました。

百姓は、まことに恐れ入りました。じつに粗末な茶わんでありましたから、殿さまに対してご無礼をしたと、頭を下げておわびを申しあげました。

「まことに粗末な茶わんをおつけもうしまして、申しわけはありません。いつであったか、町へ出ましたときに、安物を買ってまいりましたのでございます。このたび不意に殿さまにおいでを願って、この上のない光栄にぞんじましたが、町まで出て茶わんを求めてきます暇がなかったのでございます」と、正直な百姓はいいました。

「なにをいうのだ、俺は、おまえたちのしんせつにしてくれるのを、このうえなくうれしく思っている。いまだかつて、こんな喜ばしく思ったことはない。毎日、俺は茶わんに苦しんでいた。そして、こんな調法ないい茶わんを使ったことはない。それで、だれがこの茶わんを造ったかおまえが知っていたなら、ききたいと思ったのだ」と、殿さまはいわれました。

「だれが造りましたかぞんじません。そんな品は、名もない職人が焼いたのでございます。もとより殿さまなどに、自分の焼いた茶わんがご使用されるなどということは、夢にも思わなかったでございましょう」と、百姓は恐れ入って申しあげました。

「それは、そうであろうが、なかなか感心な人間だ。ほどよいほどに、茶わんを造っている。茶わんには、熱い茶や、汁を入れるということをそのものは心得ている。だから、使うものが、こうして熱い茶や、汁を安心して食べることができる。たとえ、世間にいくら名まえの聞こえた陶器師でも、そのしんせつな心がけがなかったら、なんの役にもたたない」と、殿さまは申されました。

殿さまは、旅行を終えて、また、御殿にお帰りなさいました。お役人らがうやうやしくお迎えもうしました。殿さまは、百姓の生活がいかにも簡単で、のんきで、お世辞こそいわないが、しんせつであったのが身にしみておられまして、それをお忘れになることがありませんでした。

お食事のときになりました。すると、膳の上には、例の軽い、薄手の茶わんが乗っていました。それをごらんになると、たちまち殿さまの顔色は曇りました。また、今日から熱い思いをしなければならぬかと、思われたからであります。

ある日、殿さまは、有名な陶器師を御殿へお呼びになりました。陶器店の主人は、いつかお茶わんを造って奉ったことがあったので、おほめくださるのではないかと、内心喜びながら参上いたしますと、殿さまは、言葉静かに、

「おまえは、陶器を焼く名人であるが、いくら上手に焼いても、しんせつ心がないと、なんの役にもたたない。俺は、おまえの造った茶わんで、毎日苦しい思いをしている」と諭されました。

陶器師は、恐れ入って御殿を下がりました。それから、その有名な陶器師は、厚手の茶わんを造る普通の職人になったということです。

畜犬談 ——伊馬鵜平君に与える

太宰治

私は、犬については自信がある。いつの日か、かならず喰いつかれるであろうという自信である。私は、きっと噛まれるにちがいない。自信があるのである。よくぞ、きょうまで喰いつかれもせず無事に過してきたものだと不思議な気さえしているのである。諸君、犬は猛獣である。馬を斃《たお》し、たまさかには獅子と戦ってさえこれを征服するとかいうではないか。さもありなんと私はひとり淋しく首肯《しゅこう》しているのだ。あの犬の、鋭い牙を見るがよい。ただものではない。いまは、あのように街路で無心のふうを装い、とるに足らぬものの如く自ら卑下して、芥箱《ごみばこ》を覗きまわったりなどしてみせているが、もともと馬を斃すほどの猛獣である。いつなんどき、怒り狂い、その本性を暴露するか、わかったものではない。犬は必ず鎖に固くしばりつけておくべきである。少しの油断もあってはならぬ。世の多くの飼い主は、自ら恐ろしき猛獣を養い、これに日々わずかの残飯を与えているという理由だけにて、全くこの猛獣に心をゆるし、エスやエスやなど、気楽に呼んで、さながら家族の一員の如く身辺に近づかしめ、三歳のわが愛子をして、その猛獣の耳をぐいと引っぱらせて大笑いしている図にいたっては、戦慄、眼を蓋《おお》わざるを得ないのである。不意に、わんと言って喰いついたら、どうする気だろう。気をつけなければならぬ。飼い主でさえ、噛みつかれぬとは保証できがたい猛獣を、（飼い主だから、絶対に喰いつかれぬということは愚かな気のいい迷信にすぎない。あの恐ろしい牙のある以上、必ず噛む。けっして噛まないということは、科学的に証明できるはずはないのである）その猛獣を、放し飼いにして、往来をうろうろ徘徊させておくとは、どんなものであろうか。昨年の晩秋、私の友人が、ついにこれの被害を受けた。いたましい犠牲者である。友人の話によると、友人は何もせず横丁を懐手《ふところで》してぶらぶら歩いていると、犬が道路上にちゃんと坐っていた。友人は、やはり何もせず、その犬の傍を通った。犬はその時、いやな横目を使ったという。何事もなく通りすぎた、とたん、わんと言って右の脚に喰いついたという。災難である。一瞬のことである。友人は、呆然自失したという。ややあって、くやし涙が沸いて出た。さもありなん、と私は、やはり淋しく首肯している。そうなってしまったら、ほんとうに、どうしようも、ないではないか。友人は、痛む脚をひきずって病院へ行き手当を受けた。それから二十一日間、病院へ通ったのである。三週間である。脚の傷がなおっても、体内に恐水病といういまわしい病気の毒が、あるいは注入されてあるかもしれぬという懸念から、その防毒の注射をしてもらわなければならぬのである。飼い主に談判するなど、その友人の弱気をもってしては、とてもできぬことである。じっと堪えて、おのれの不運に溜息ついているだけなのである。しかも、注射代などけっして安いものでなく、そのような余分の貯えは失礼ながら友人にあるはずもなく、いずれは苦しい算段をしたにちがいないので、とにかくこれは、ひどい災難である。大災難である。また、うっかり注射でも怠ろうものなら、恐水病といって、発熱悩乱の苦しみあって、果ては貌が犬に似てきて、四つ這いになり、ただわんわんと吠えるばかりだという、そんな凄惨な病気になるかもしれないというこ
となのである。注射を受けながらの、友人の憂慮、不安は、どんなだったろう。友人は苦労人で、ちゃんとできた人であるから、醜く取り乱すこともなく、三七、二十一日病院に通い、注射を受けて、いまは元気に立ち働いているが、もしこれが私だったら、そ

の犬、生かしておかないだろう。私は、人の三倍も四倍も復讐心の強い男なのであるから、また、そうなると人の五倍も六倍も残忍性を発揮してしまう男なのであるから、たちどころにその犬の頭蓋骨を、めちゃめちゃに粉砕し、眼玉をくり抜き、ぐしゃぐしゃに噛んで、べっと吐き捨て、それでも足りずに近所近辺の飼い犬ことごとくを毒殺してしまうであろう。こちらが何もせぬのに、突然わんと言って噛みつくとはなんという無礼、狂暴の仕草であろう。いかに畜生といえども許しがたい。畜生ふびんのゆえをもって、人はこれを甘やかしているからいけないのだ。容赦なく酷刑に処すべきである。昨秋、友人の遭難を聞いて、私の畜犬に対する日頃の憎悪は、その極点に達した。青い焔が燃え上るほどの、思いつめたる憎悪である。

ことしの正月、山梨県、甲府のまちはずれに八畳、三畳、一畳という草庵《そうあん》を借り、こっそり隠れるように住みこみ、下手な小説あくせく書きすすめていたのであるが、この甲府のまち、どこへ行っても犬がいる。おびただしいのである。往来に、あるいは佇み、あるいはながながと寝そべり、あるいは疾駆《しっく》し、あるいは牙を光らせて吠えたて、ちょっとした空地でもあると必ずそこは野犬の巣の如く、組んずほぐれつ格闘の稽古にふけり、夜など無人の街路を風の如く野盗の如く、ぞろぞろ大群をなして縦横に駈け廻っている。甲府の家ごと、家ごと、少くとも二匹くらいずつ養っているのではないかと思われるほどに、おびただしい数である。山梨県は、もともと甲斐犬の産地として知られている様であるが、街頭で見かける犬の姿は、けっしてそんな純血種のものではない。赤いムク犬が最も多い。採るところなきあさはかな駄犬ばかりである。もとより私は畜犬に対しては含むところがあり、また友人の遭難以来いっそう嫌悪の念を増し、警戒おさおさ怠るものではなかったのであるが、こんなに犬がうようよいて、どこの横丁にでも跳梁《ちょうりょう》し、あるいはとぐろを巻いて悠然と寝ているのでは、とても用心しきれるものでなかった。私はじつに苦心をした。できることなら、すね当、こて当、かぶとをかぶって街を歩きたく思ったのである。けれども、そのような姿は、いかにも異様であり、風紀上からいっても、けっして許されるものではないのだから、私は別の手段をとらなければならぬ。私は、まじめに、真剣に、対策を考えた。私は、まず犬の心理を研究した。人間については、私もいささか心得があり、たまには的確に、あやまたず指定できたことなどもあったのであるが、犬の心理は、なかなかむずかしい。人の言葉が、犬と人との感情交流にどれだけ役立つものか、それが第一の難問である。言葉が役に立たぬとすれば、お互いの素振り、表情を読み取るより他にない。しっぽの動きなどは、重大である。けれども、この、しっぽの動きも、注意して見ているとなかなかに複雑で、容易に読みきれるものではない。私は、ほとんど絶望した。そうして、甚《はなは》だ拙劣《せつれつ》な、無能きわまる一法を案出した。あわれな窮余の一策である。私は、とにかく、犬に出逢うと、満面に微笑を湛えて、いささかも害心のないことを示すことにした。夜は、その微笑が見えないかもしれないから、無邪気に童謡を口ずさみ、やさしい人間であることを知らせようと努めた。これらは、多少、効果があったような気がする。犬は私には、いまだ飛びかかってこない。けれどもあくまで油断は禁物である。犬の傍を通る時は、どんなに恐ろしくても、絶対に走ってはならぬ。にこにこ卑しい追従笑いを浮かべて、無心そうに首を振り、ゆっくりゆっくり、内心、背中に毛虫が十匹這っているような窒息せんばかりの悪寒にやられながらも、ゆっくりゆっくり通るのである。つくづく自身の卑屈がいやになる。泣きたいほどの自己嫌悪を覚えるのであるが、これを行わないと、たちまち噛みつかれるような気がして、私は、あらゆる犬にあわれな挨拶を試みる。髪をあまりに長く伸ばしていると、あるいはウロンの者として吠えられるかもしれないから、あれほどいやだった床屋へも精出して行くことにした。ステッキなど持って歩くと、犬のほうで威嚇の武器と勘ちがいして、反抗心を起すようなことがあってはならぬから、ステッキは永遠に廃棄することにした。犬の心理を計りかねて、ただ行き当りばったり、むやみやたらに御機嫌とっているうちに、ここに意外の現象が現われた。私は、犬に好かれてしまったのである。尾を振って、ぞろぞろ後について来る。私は、地団駄《じだんだ》踏んだ。実に皮肉である。かねがね私の、こころよからず思い、また最近にいたっては憎悪の極点にまで達している、その当の畜犬に好かれるくらいならば、いっそ私は駱駝《らくだ》に慕われたいほどである。どんな悪女にでも、好かれて気持の悪いはずはない、というのはそれは浅薄の想定である。プライドが、虫が、どうしてもそれを許容できない場合がある。堪忍ならぬのである。私は、犬をきらいなのである。早くからその狂暴の猛獣性を看破し、こころよからず思っているのである。たかだか日に一度や二度の残飯の投与にあずからんがために、友を売り、妻を離別し、おのれの身ひとつ、その家の軒下に横たえ、忠義顔して、かつての友に吠え、兄弟、父母をも、けろりと忘却し、ただひたすらに飼主の顔色を伺い、阿諛追従《あゆついしょう》てんとして恥じず、ぶたれても、きゃんと言い尻尾まいて閉口してみせて家人を笑わせ、その精神の卑劣、醜怪、犬畜生とは、よくも言った。日に十里を楽々と走破しうる健脚を有し、獅子をも斃す白光鋭利の牙を持ちながら、懶惰《らんだ》無頼の腐り果てたいやしい根性をはばからず発揮し、一片の矜持なく、てもなく人間界に屈服し、隷属し、同族互いに敵視して、顔つきあわせると吠えあい、噛みあい、もって人間の御機嫌をとり結ぼうと努めている。雀を見よ。何ひとつ武器を持たぬ繊弱《せんじゃく》の小禽ながら、自由を確保し、人間界とは全く別個の小社会を営み、同類相親しみ、欣然《きんぜん》日々の貧しい生活を歌い楽しんでいるではないか。思えば、思うほど、犬は不潔だ。犬はいやだ。なんだか自分に似ているところさえあるような気がして、いよいよ、いやだ。たまらないのである。その犬が、私を特に好んで、尾を振って親愛の情を表明してくるに及んでは、狼狽とも、無念とも、なんとも、言いようがない。あまりに犬の猛獣性を畏敬し、買いかぶり、節度もなく媚笑を撒きちらして歩いたゆえ、犬は、かえって知己を得たものと誤解し、私を組し易しと見てとって、このような情ない結果に立ちいたったのであろうが、何事によらず、ものには節度が大切である。私は、未だに、どうも、節度を知らぬ。

早春のこと。夕食の少しまえに、私はすぐ近くの四十九聯隊《れんたい》の練兵場へ散歩に出て、二、三の犬が私のあとについてきて、いまにも踵をがぶりとやられはせぬかと生きた気もせず、けれども毎度のことであり、観念して無心平静を装い、ぱっと脱兎の如く逃げたい衝動を懸命に抑え抑え、ぶらりぶらり歩いた。犬は私についてきながら、途々《みちみち》お互いに喧嘩などはじめて、私は、わざと振りかえって見もせず、知らぬふりして歩いているのだが、内心、実に閉口であった。ピストルでもあったなら、躊躇せずドカンドカンと射殺してしまいたい気持であった。犬は、私にそのような、外面如菩薩《げめんにょぼさつ》、内心如夜叉《ないしんにょやしゃ》的の奸佞《かんねい》の害心があるとも知らず、どこまでもついてくる。練兵場をぐるりと一廻りして、私はやはり犬に慕われながら帰途についた。家へ帰りつくまでには、背後の犬もどこかへ雲散霧消しているのが、これまでの、しきたりであったのだが、その日に限って、ひどく執拗で馴れ馴れしいのが一匹いた。真黒の、見るかげもない小犬である。ずいぶん小さい。胴の長さ五寸の感じである。けれども、小さいからと言って油断はできない。歯は、既にちゃんと生えそろっているはずである。噛まれたら病院に三、七、二十一日間通わなければならぬ。それにこのような幼少なものには常識がないから、したがって気まぐれである。いっそう用心をしなければならぬ。小犬は後になり、さきになり、私の顔を振り仰ぎ、よたよた走って、とうとう私の家の玄関まで、ついてきた。

「おい。へんなものが、ついてきたよ」

「おや、可愛い」

「可愛いもんか。追っ払ってくれ。手荒くすると喰いつくぜ。お菓子でもやって」

れいの私の軟弱外交である。小犬は、たちまち私の内心畏怖の情を見抜き、それにつけ込み、図々しくもそれから、ずるずる私の家に住みこんでしまった。そうしてこの犬は、三月、四月、五月、六、七、八、そろそろ秋風吹きはじめてきた現在にいたるまで、私の家にいるのである。私は、この犬には、幾度泣かされたかわからない。どうにも始末ができないのである。私は仕方なく、この犬を、ポチなどと呼んでいるのであるが、半年も共に住んでいながら、いまだに私は、このポチを、一家のものとは思えない。他人の気がするのである。しっくり行かない。不和である。お互い心理の読みあいに火花を散らして戦っている。そうしてお互い、どうしても釈然と笑いあうことができないのである。

はじめこの家にやってきたころは、まだ子供で、地べたの蟻を不審そうに観察したり、蝦蟇《がま》を恐れて悲鳴を挙げたり、その様には私も思わず失笑することがあって、憎いやつであるが、これも神様の御心によってこの家へ迷い込んでくることになったのかもしれぬと、縁の下に寝床を作ってやったし、食い物も乳幼児むきに軟らかく煮て与えてやったし、蚤取粉などからだに振りかけてやったものだ。けれども、ひとつき経つと、もういけない。そろそろ駄犬の本領を発揮してきた。いやしい。もともと、この犬は練兵場の隅に捨てられてあったものにちがいない。私のあの散歩の帰途、私にまつわりつくようにしてついてきて、その時は、見るかげもなく痩せこけて、毛も抜けていてお尻の部分は、ほとんど全部禿《は》げていた。私だからこそ、これに菓子を与え、おかゆを作り、荒い言葉一つかけるではなし、腫れものにさわるように鄭重《ていちょう》にもてなしてあげたのだ。他の人だったら、足蹴にして追い散らしてしまったにちがいない。私のそんな親切なもてなしも、内実は、犬に対する愛情からではなく、犬に対する先天的な憎悪と恐怖から発した老猾な駈け引きに過ぎないのであるが、けれども私のおかげで、このポチは、毛並もととのい、どうやら一人まえの男の犬に成長することを得たのではないか。私は恩を売る気はもうとうないけれども、少しは私たちにも何か楽しみを与えてくれてもよさそうに思われるのであるが、やはり捨犬は駄目なものである。大めし食《くら》って、食後の運動のつもりであろうか、下駄をおもちゃにして無残に噛み破り、庭に干してある洗濯物を要らぬ世話して引きずりおろし、泥まみれにする。

「こういう冗談はしないでおくれ。実に、困るのだ。誰が君に、こんなことをしてくれとたのみましたか？」

と、私は、内に針を含んだ言葉を、精いっぱい優しく、いや味をきかせて言ってやることもあるのだが、犬は、きょろりと眼を動かし、いや味を言い聞かせている当の私にじゃれかかる。なんという甘ったれた精神であろう。私はこの犬の鉄面皮には、ひそかに呆れ、これを軽蔑さえしたのである。長ずるに及んで、いよいよこの犬の無能が暴露された。だいいち、形がよくない。幼少のころには、も少し形の均斉もとれていて、あるいは優れた血が雑っているのかもしれぬと思わせるところあったのであるが、それは真赤ないつわりであった。胴だけが、にょきにょき長く伸びて、手足がいちじるしく短い。亀のようである。見られたものでなかった。そのような醜い形をして、私が外出すれば必ず影の如くちゃんと私につき従い、少年少女までが、やあ、へんてこな犬じゃと指さして笑うこともあり、多少見栄坊《みえぼう》の私は、いくらすまして歩いても、なんにもならなくなるのである。いっそ他人のふりをしようと足早に歩いてみても、ポチは私の傍を離れず、私の顔を振り仰ぎ振り仰ぎ、あとになり、さきになり、からみつくようにしてついてくるのだから、どうしたって二人は他人のようには見えまい。気心の合った主従としか見えまい。おかげで私は外出のたびごとに、ずいぶん暗い憂鬱《ゆううつ》な気持にさせられた。いい修行になったのである。ただ、そうして、ついて歩いていたころは、まだよかった。そのうちにいよいよ隠してあった猛獣の本性を暴露してきた。喧嘩格闘を好むようになったのである。私のお伴をして、まちを歩いて行きあう犬、行きあう犬、すべてに挨拶して通るのである。つまり、かたっぱしから喧嘩して通るのである。ポチは足も短く、若年でありながら、喧嘩は相当強いようである。空地の犬の巣に踏みこんで、一時に五匹の犬を相手に戦ったときはさすがに危く見えたが、それでも巧みに身をかわして難を避けた。非常な自信をもって、どんな犬にでも飛びかかって行く。たまには勢負けして、吠えながらじりじり退却することもある。声が悲鳴に近くなり、真黒い顔が蒼黒くなってくる。いちど小牛のようなシェパアドに飛びかかっていって、あのときは、私が蒼くなった。果して、ひとたまりもなかった。前足でころころポチをおもちゃにして、本気につき合ってくれなかったのでポチも命が助かった。犬は、いちどあんなひどいめに逢うと、大へん意気地がなくなるものらしい。ポチは、それからは眼に見えて、喧嘩を避けるようになった。それに私は、喧嘩を好まず、否、好まぬどころではない、往来で野獣の組打ちを放置し許容しているなどは、文明国の恥辱と信じているので、かの耳を聾《ろう》せんばかりのけんけんごうごう、きゃんきゃんの犬の野蛮のわめき声には、殺してもなおあき足らない憤怒と憎悪を感じているのである。私はポチを愛してはいない。恐れ、憎んでこそいるが、みじんも愛してはいない。死んでくれたらいいと思っている。

私にのこのこついてきて、何かそれが飼われているものの義務とでも思っているのか、途で逢う犬、逢う犬、かならず凄惨に吠えあって、主人としての私は、そのときどんなに恐怖にわななき震えていることか。自動車呼びとめて、それに乗ってドアをばたんと閉じ、一目散に逃げ去りたい気持なのである。犬同士の組打ちで終るべきものなら、まだしも、もし敵の犬が血迷って、ポチの主人の私に飛びかかってくるようなことがあったら、どうする。ないとは言わせぬ。血に飢えたる猛獣である。何をするか、わかったものでない。私はむごたらしく噛み裂かれ、三七、二十一日間病院に通わなければならぬ。犬の喧嘩は、地獄である。私は、機会あるごとにポチに言い聞かせた。

「喧嘩しては、いけないよ。喧嘩をするなら、僕からはるか離れたところで、してもらいたい。僕は、おまえを好いてはいないんだ」

少し、ポチにもわかるらしいのである。そう言われると多少しょげる。いよいよ私は犬を、薄気味わるいものに思った。その私の繰り返し繰り返し言った忠告が効を奏したのか、あるいは、かのシェパアドとの一戦にぶざまな惨敗を喫したせいか、ポチは、卑屈なほど柔弱な態度をとりはじめた。私と一緒に路を歩いて、他の犬がポチに吠えかけると、ポチは、

「ああ、いやだ、いやだ。野蛮ですねえ」

と言わんばかり、ひたすら私の気に入られようと上品ぶって、ぶるっと胴震いさせたり、相手の犬を、仕方のないやつだね、とさもさも憐れむように流し目で見て、そうして、私の顔色を伺い、へっへっへっと卑しい追従笑いするかの如く、その様子のいやらしいったらなかった。

「一つも、いいところないじゃないか、こいつは。ひとの顔色ばかり伺っていやがる」

「あなたが、あまり、へんにかまうからですよ」家内は、はじめからポチに無関心であった。洗濯物など汚されたときはぶつぶつ言うが、あとはけろりとして、ポチポチと呼んで、めしを食わせたりなどしている。「性格が破産しちゃったんじゃないかしら」と笑っている。

「飼い主に、似てきたというわけかね」私は、いよいよ、にがにがしく思った。

七月にはいって、異変が起った。私たちは、やっと、東京の三鷹村に、建築最中の小さい家を見つけることができて、それの完成し次第、一か月二十四円で貸してもらえるように、家主と契約の証書交して、そろそろ移転の仕度をはじめた。家ができ上ると、家主から速達で通知が来ることになっていたのである。ポチは、もちろん、捨ててゆかれることになっていたのである。

「連れていったって、いいのに」家内は、やはりポチをあまり問題にしていない。どちらでもいいのである。

「だめだ。僕は、可愛いから養っているんじゃないんだよ。犬に復讐されるのが、こわいから、仕方なくそっとしておいてやっているのだ。わからんかね」

「でも、ちょっとポチが見えなくなると、ポチはどこへ行ったろう、どこへ行ったろうと大騒ぎじゃないの」

「いなくなると、いっそう薄気味が悪いからさ。僕に隠れて、ひそかに同志を糾合しているのかもわからない。あいつは、僕に軽蔑されていることを知っているんだ。復讐心が強いそうだからなあ、犬は」

いまこそ絶好の機会であると思っていた。この犬をこのまま忘れたふりして、ここへ置いて、さっさと汽車に乗って東京へ行ってしまえば、まさか犬も、笹子峠を越えて三鷹村まで追いかけてくることはなかろう。私たちは、ポチを捨てたのではない。全くうっかりして連れて行くことを忘れたのである。罪にはならない。またポチに恨まれる筋合もない。復讐されるわけはない。

「大丈夫だろうね。置いていっても、飢え死するようなことはないだろうね。死霊の祟りということもあるからね」

「もともと、捨犬だったんですもの」家内も、少し不安になった様子である。

「そうだね。飢え死することはないだろう。なんとか、うまくやってゆくだろう。あんな犬、東京へ連れていったんじゃ、僕は友人に対して恥ずかしいんだ。胴が長すぎる。みっともないねえ」

ポチは、やはり置いてゆかれることに、確定した。すると、ここに異変が起った。ポチが、皮膚病にやられちゃった。これが、またひどいのである。さすがに形容をはばかるが、惨状、眼をそむけしむるものがあったのである。折からの炎熱とともに、ただならぬ悪臭を放つようになった。こんどは家内が、まいってしまった。

「ご近所にわるいわ。殺して下さい」女は、こうなると男よりも冷酷で、度胸がいい。

「殺すのか?」私は、ぎょっとした。「も少しの我慢じゃないか」

私たちは、三鷹の家主からの速達を一心に待っていた。七月末には、できるでしょうという家主の言葉であったのだが、七月もそろそろおしまいになりかけて、きょうか明日かと、引越しの荷物もまとめてしまって待機していたのであったが、なかなか、通知が来ないのである。問い合わせの手紙を出したりなどしている時に、ポチの皮膚病がはじまったのである。見れば、見るほど、酸鼻の極である。ポチも、いまはさすがに、おのれの醜い姿を恥じている様子で、とかく暗闇の場所を好むようになり、たまに玄関の日当りのいい敷石の上で、ぐったり寝そべっていることがあっても、私が、それを見つけて、

「わあ、ひでえなあ」と罵倒すると、いそいで立ち上って首を垂れ、閉口したようにこそこそ縁の下にもぐり込んでしまうのである。

それでも私が外出するときには、どこからともなく足音忍ばせて出てきて、私についてこようとする。こんな化け物みたいなものに、ついてこられて、たまるものか、とその都度、私は、だまってポチを見つめてやる。あざけりの笑いを口角にまざまざと浮べて、なんぼでも、ポチを見つめてやる。これは大へん、ききめがあった。ポチは、おのれの醜い姿にハッと思い当る様子で、首を垂れ、しおしおどこかへ姿を隠す。

「とっても、我慢ができないの。私まで、むず痒くなって」家内は、ときどき私に相談する。「なるべく見ないように努めているんだけれど、いちど見ちゃったら、もう駄目ね。夢の中にまで出てくるんだもの」

「まあ、もうすこしの我慢だ」がまんするより他はないと思った。たとえ病んでいるとはいっても、相手は一種の猛獣である。下手に触ったら噛みつかれる。「明日にでも、三鷹から、返事が来るだろう。引越してしまったら、それっきりじゃないか」

三鷹の家主から返事が来た。読んで、がっかりした。雨が降りつづいて壁が乾かず、また人手も不足で、完成までには、もう十日くらいかかる見込み、というのであった。うんざりした。ポチから逃れるためだけでも、早く、引越してしまいたかったのだ。私は、へんな焦躁感で、仕事も手につかず、雑誌を読んだり、酒を呑んだりした。ポチの皮膚病は一日一日ひどくなっていって、私の皮膚も、なんだか、しきりに痒くなってきた。深夜、戸外でポチが、ばたばたばたばた痒さに身悶えしている物音に、幾度ぞっとさせられたかわからない。たまらない気がした。いっそ、ひと思いにと、狂暴な発作に駆られることも、しばしばあった。家主からは、更に二十日待て、と手紙が来て、私のごちゃごちゃの忿懣《ふんまん》が、たちまち手近のポチに結びついて、こいつあるがために、このように諸事円滑にすすまないのだ、と何もかも悪いことは皆、ポチのせいみたいに考えられ、奇妙にポチを呪咀し、ある夜、私の寝巻に犬の蚤が伝播されてあることを発見するに及んで、ついにそれまで堪えに堪えてきた怒りが爆発し、私は、ひそかに重大の決意をした。

殺そうと思ったのである。相手は恐るべき猛獣である。常の私だったら、こんな乱暴な決意は、逆立ちしたってなしえなかったところのものなのであったが、盆地特有の酷暑で、少しへんになっていた矢先であったし、また、毎日、何もせず、ただぽかんと家主からの速達を待っていて、死ぬほど退屈な日々を送って、むしゃくしゃいらいら、おまけに不眠も手伝って発狂状態であったのだから、たまらない。その犬の蚤を発見した夜、ただちに家内をして牛肉の大片を買いに走らせ、私は、薬屋に行きある種の薬品を少量、買い求めた。これで用意はできた。家内は少なからず興奮していた。私たち鬼夫婦は、その夜、鳩首して小声で相談した。

翌る朝、四時に私は起きた。目覚時計を掛けておいたのであるが、それの鳴りださぬうちに、眼が覚めてしまった。しらじらと明けていた。肌寒いほどであった。私は竹の皮包をさげて外へ出た。

「おしまいまで見ていないですぐお帰りになるといいわ」家内は玄関の式台に立って見送り、落ち着いていていた。

「心得ている。ポチ、来い！」

ポチは尾を振って縁の下から出てきた。

「来い、来い！」私は、さっさと歩きだした。きょうは、あんな、意地悪くポチの姿を見つめるようなことはしないので、ポチも自身の醜さを忘れて、いそいそ私についてきた。霧が深い。まちはひっそり眠っている。私は、練兵場へいそいだ。途中、おそろしく大きい赤毛の犬が、ポチに向って猛烈に吠えたてた。ポチは、れいによって上品ぶった態度を示し、何を騒いでいるのかね、とでも言いたげな蔑視をちらとその赤毛の犬にくれただけで、さっさとその面前を通過した。赤毛は、卑劣である。無法にもポチの背後から、風の如く襲いかかり、ポチの寒しげな睾丸をねらった。ポチは、咄嗟にくるりと向きなおったが、ちょっと躊躇し、私の顔色をそっと伺った。

「やれ！」私は大声で命令した。「赤毛は卑怯だ！　思う存分やれ！」

ゆるしが出たのでポチは、ぶるんと一つ大きく胴震いして、弾丸の如く赤犬のふところに飛び込んだ。たちまち、けんけんごうごう、二匹は一つの手毬みたいになって、格闘した。赤毛は、ポチの倍ほども大きい図体をしていたが、だめであった。ほどなく、きゃんきゃん悲鳴を挙げて敗退した。おまけにポチの皮膚病までうつされたかもわからない。ばかなやつだ。

喧嘩が終って、私は、ほっとした。文字どおり手に汗して眺めていたのである。一時は、二匹の犬の格闘に巻きこまれて、私も共に死ぬるような気さえしていた。おれは噛み殺されたっていいんだ。ポチよ、思う存分、喧嘩をしろ！　と異様に力んでいたのであった。ポチは、逃げてゆく赤毛を少し追いかけ、立ちどまって、私の顔色をちらと伺い、急にしょげて、首を垂れすごすご私のほうへ引返してきた。

「よし！　強いぞ」ほめてやって私は歩きだし、橋をかたかた渡って、ここはもう練兵場である。

むかしポチは、この練兵場に捨てられた。だからいま、また、この練兵場へ帰ってきたのだ。おまえのふるさとで死ぬがよい。

私は立ちどまり、ぼとりと牛肉の大片を私の足もとへ落として、

「ポチ、食え」私は、ポチを見たくなかった。ぼんやりそこに立ったまま、「ポチ、食え」足もとで、ぺちゃぺちゃ食べている音がする。一分たたぬうちに死ぬはずだ。

私は猫背になって、のろのろ歩いた。霧が深い。ほんのちかくの山が、ぼんやり黒く見えるだけだ。南アルプス連峰も、富士山も、何も見えない。朝露で、下駄がびしょぬれである。私はいっそうひどい猫背になって、のろのろ帰途についた。橋を渡り、中学

校のまえまで来て、振り向くとポチが、ちゃんといた。面目なげに、首を垂れ、私の視線をそっとそらした。

私も、もう大人である。いたずらな感傷はなかった。すぐ事態を察知した。薬品が効かなかったのだ。うなずいて、もうすでに私は、白紙還元である。家へ帰って、

「だめだよ。薬が効かないのだ。ゆるしてやろうよ。あいつには、罪がなかったんだぜ。芸術家は、もともと弱い者の味方だったはずなんだ」私は、途中で考えてきたことをそのまま言ってみた。「弱者の友なんだ。芸術家にとって、これが出発で、また最高の目的なんだ。こんな単純なこと、僕は忘れていた。僕だけじゃない。みんなが、忘れているんだ。僕は、ポチを東京へ連れてゆこうと思うよ。友達がもしポチの恰好を笑ったら、ぶん殴ってやる。卵あるかい？」

「ええ」家内は、浮かぬ顔をしていた。

「ポチにやれ、二つあるなら、二つやれ。おまえも我慢しろ。皮膚病なんてのは、すぐなおるよ」

「ええ」家内は、やはり浮かぬ顔をしていた。

酒ぎらい

太宰治

二日つづけて酒を呑んだのである。おとといの晩と、きのうと、二日つづけて酒を呑んで、けさは仕事しなければならぬので早く起きて、台所へ顔を洗いに行き、ふと見ると、一升瓶が四本からになっている。二日で四升呑んだわけである。勿論、私ひとりで四升呑みほしたわけでは無い。おとといの晩はめずらしいお客が三人、この三鷹の陋屋《ろうおく》にやって来ることになっていたので、私は、その二三日まえからそわそわして落ちつかなかった。一人は、W君といって、初対面の人である。いやいや、初対面では無い。お互い、十歳のころに一度、顔を見合せて、話もせず、それっきり二十年間、わかれていたのである。一つきほどまえから、私のところへ、ちょいちょい日刊工業新聞という、私などとは、とても縁の遠い新聞が送られて来て、私は、ちょっとひらいてみるのであるが、一向に読むところが無い。なぜ私に送って下さるのか、その真意を解しかねた。下劣な私は、これを押売りではないかとさえ疑った。家内にも言いきかせ、とにかく之は怪しいから、そっくり帯封《おびふう》も破らずそのままにして保存して置くよう、あとで代金を請求して来たら、ひとまとめにして返却するよう、手筈をきめて置いたのである。そのうちに、新聞の帯封に差出人の名前を記して送ってくるようになった。Wである。私の知らぬお名前であった。私は、幾度となく首ふって考えたが、わからなかった。そのうちに、「金木町のW」と帯封に書いてよこすようになった。金木町というのは、私の生れた町である。津軽平野のまんなかの、小さい町である。同じ町の生れゆえ、それで自社の新聞を送って下さったのだ、ということは、判明するに到ったが、やはり、どんなお人であるか、それは思い出すことができないのである。とにかく御好意のほどは、わかったのであるから、私は、すぐにお礼をハガキに書いて出した。「私は、十年も故郷へ帰らず、また、いまは肉親たちと音信さえ不通の有様なので、金木町のW様を、思い出すことが、できず、残念に存じて居ります。どなたさまで、ございましたでしょうか。おついでの折は、汚い家ですが、お立ち寄り下さい」というようなことを書きしたためた筈である。相手の人の、おとしの程もわからず、或いは故郷の大先輩かも知れぬのだから、失礼に当らぬよう、言葉使いにも充分に注意した筈である。折返し長いお手紙を、いただいた。それで、わかった。裏の登記所のお坊ちゃんなのである。固苦しく言えば、青森県区裁判所金木町登記所々長の長男である。子供のころは、なんのことかわからず、ただ、トキショ、トキショと呼んでいた。私の家のすぐ裏で、W君は、私より一年、上級生だったので、直接、話をしたことは無かったけれど、たったいちど、その登記所の窓から、ひょいと顔を出した、その顔をちらりと見て、その顔だけが、二十年後のいまとなっても、色あせずに、はっきり残っていて、実に不思議な気がした。Wという名前を覚えていないし、それこそ、なんの恩怨《おんえん》もないのだし、私は高等学校時代の友人の顔でさえ忘れていることが、ままあるくらいの健忘症なのに、W君の、その窓から、ひょいと出した丸い顔だけは、まっくらい舞台に一箇所スポットライトを当てたようにあざやかに眼に見えているのである。W君も、内気なお人らしいから、私同様、外へ出て遊ぶことは、あまり無かったのではあるまいか。そのとき、たったいちどだけ、私はW君を見掛けて、それが二十年後のいまになっても、まるで、ちゃんと天然色写真にとって置いたみたいに、映像がぼやけずに胸に残って在るのである。私は、その顔をハガキに画いてみた。胸の映像のとおりに画くことができたので、うれしかった。たしかに、ソバカスが在ったのである。そのソバカスも、点々と散らして画いた。可愛い顔である。私は、そのハガキをW君に送った。もし、間違っていたら、ごめんなさい、と大いに非礼を謝して、それでも、やはりその画を、お目に掛けずには、居られなかった。そうして、「十二月二日の夜、六時ごろ、やはり青森県出身の旧友が二人、拙宅へ、来る筈ですから、どうか、その夜は、おいで下さい。お願いいたします」と書き添えた。Y君と、A君と二人さそい合せて、その夜、私の汚い家に遊びに来てくれることになっていたのである。Y君とも、十年ぶりで逢うわけである。Y君は、立派な人である。私の中学校の先輩である。もとから、情の深い人であった。五、六年間、いなくなった。大試錬である。その間、独房にてずいぶん堂々の修行をなされたことと思う。いまは或る書房の編輯部《へんしゅうぶ》に勤めて居られる。A君は、私と中学校同級であった。画家である。或る宴会で、これも十年ぶりくらいで、ひょいと顔を合せ、大いに私は興奮した。私が中学校の三年のとき、或る悪質の教師が、生徒を罰して得意顔の瞬間、私は、その教師に軽蔑をこめた大拍手を送った。たまったものでない。こんどは私が、さんざんに殴られた。このとき、私のために立ってくれたのが、A君である。A君は、ただちに同志を糾合して、ストライキを計った。全学級の大騒ぎになった。私は、恐怖のためにわなわな震えていた。ストライキになりかけたとき、その教師が、私たちの教室にこっそりやって来て、どもりながら陳謝した。ストライキは、とりやめとなった。A君とは、そんな共通の、なつかしい思い出がある。

Y君に、A君と、二人そろって私の家に遊びに来てくれることだけでも、私にとって、大きな感激なのに、いままた、W君と二十年ぶりに相逢うことのできるのであるから、私は、三日もまえから、そわそわして、「待つ」ということは、なかなか、つらい心理であると、いまさらながら痛感したのである。

よそから、もらったお酒が二升あった。私は、平常、家に酒を買って置くということは、きらいなのである。黄色く薄濁りした液体が一ぱいつまって在る一升瓶は、どうにも不潔な、卑猥な感じさえして、恥ずかしく、眼ざわりでならぬのである。台所の隅に、その一升瓶があるばっかりに、この狭い家全体が、どろりと濁って、甘酸っぱい、へんな匂いさえ感じられ、なんだか、うしろ暗い思いなのである。家の西北の隅に、異様に醜怪の、不浄のものが、とぐろを巻いてひそんで在るようで、机に向って仕事をしていながらも、どうも、潔白の精進が、できないような不安な、うしろ髪ひかれる思いで、やりきれないのである。どうにも、落ちつかない。

夜、ひとり机に頬杖ついて、いろんなことを考えて、苦しく、不安になって、酒でも呑んでその気持を、ごまかしてしまいたくなることが、時々あって、そのときには、外へ出て、三鷹駅ちかくの、すしやに行き、大急ぎで酒を呑むのであるが、そんなときには、家に酒が在ると便利だと思わぬこともないが、どうも、家に酒を置くと気がかりで、そんなに呑みたくもないのに、ただ、台所から酒を追放したい気持から、がぶがぶ呑んで、呑みほしてしまうばかりで、常住、少量の酒を家に備えて、機に臨んで、ちょっと呑むという落ちつき澄ました芸は、できないのであるから、自然、All or Nothing の流儀で、ふだんは家の内に一滴の酒も置かず、呑みたい時は、外へ出て思うぞんぶんに呑む、という習慣が、ついてしまったのである。友人が来ても、たいてい外へ誘い出して呑むことにしている。家の者に聞かせたくない話題なども、ひょいと出るかも知れぬし、それに、酒は勿論、酒の肴も、用意が無いので、つい、めんどうくさく、外へ出てしまうのである。大いに親しい人ならば、そうしておいでになる日が予めわかっている人ならば、ちゃんと用意をして、徹宵《てつしょう》、くつろいで呑み合うのであるが、そんな親しい人は、私に、ほんの数えるほどしかない。そんな親しい人ならば、どんな貧しい肴でも恥ずかしくないし、家の者に聞かせたくないような話題も出る筈はないのであるから、私は大威張りで実に、たのしく、それこそ痛飲できるのであるが、そんな好機会は、二月に一度くらいのもので、あとは、たいてい突然の来訪にまごつき、つい、外へ出ることになるのである。なんといっても、ほんとうに親しい人と、家でゆっくり呑むのに越した楽しみは無いのである。ちょうどお酒が在るとき、ふらと、親しい人がたずねて来てくれたら、実に、うれしい。友あり、遠方より来る、というあの句が、おのずから胸中に湧き上る。けれども、いつ来るか、わからない。常住、酒を用意して待っているのでは、とても私は落ちつかない。ふだんは一滴も、酒を家の内に置きたくないのだから、その辺なかなか、うまく行かないのである。

友人が来たからと言って、何も、ことさらに酒を呑まなくても、よさそうなものであるが、どうも、いけない。私は、弱い男であるから、酒も呑まずに、まじめに対談していると、三十分くらいで、もう、へとへとになって、卑屈に、おどおどして来て、やりきれない思いをするのである。自由濶達に、意見の開陳など、とてもできないのである。心中、ええとか、はあとか、生返事していて、まるっきり違ったことばかり考えている。絶えず愚かな、堂々めぐりの自問自答を繰りかえしているばかりで、私は、まるで阿呆である。何も言えない。むだに疲れるのである。どうにも、やりきれない。酒を呑むと、気持を、ごまかすことができて、でたらめ言っても、そんなに内心、反省しなくなって、とても助かる。そのかわり、酔がさめると、後悔もひどい。土にまろび、大声で、わあっと、わめき叫びたい思いである。胸が、どきんどきんと騒ぎ立ち、いても立っても居られぬのだ。なんとも言えず侘びしいのである。死にたく思う。酒を知ってから、もう十年にもなるが、一向に、あの気持に馴れることができない。平気で居られぬのである。慚愧《ざんき》、後悔の念に文字どおり転輾《てんてん》する。それなら、酒を止せばいいのに、やはり、友人の顔を見ると、変にもう興奮して、おびえるような震えを全身に覚えて、酒でも呑まなければ、助からなくなるのである。やっかいなことであると思っている。

おとといの夜、ほんとうに珍しい人ばかり三人、遊びに来てくれることになって、私は、その三日ばかり前から落ちつかなかった。台所にお酒が二升あった。これは、よそからいただいたもので、私は、その処置について思案していた矢先に、Y君から、十一月二日夜A君と二人で遊びに行く、というハガキをもらったので、よし、この機会にW君にも来ていただいて、四人でこの二升の処置をつけてしまおう、どうも家の内に酒が在ると眼ざわりで、不潔で、気が散って、いけない、四人で二升は、不足かも知れない、談たまたま佳境に入ったとたんに、女房が間抜顔して、もう酒は切れましたと報告するのは、聞くほうにとっては、甚だ興覚めのものであるから、もう一升、酒屋へ行って、とどけさせなさい、と私は、もっともらしい顔して家の者に言いつけた。酒は、三升ある。台所に三本、瓶が並んでいる。それを見ては、どうしても落ちついているわけにはいかない。大犯罪を遂行するものの如く、心中の不安、緊張は、極点にまで達した。身のほど知らぬぜいたくのようにも思われ、犯罪意識がひしひしと身にせまって、私は、おとといは朝から、意味もなく庭をぐるぐる廻って歩いたり、また狭い部屋の中を、のしのし歩きまわったり、時計を、五分毎に見て、一図に日の暮れるのを待ったのである。

六時半にW君が来た。あの画には、おどろきましたよ。感心しましたね。ソバカスなんか、よく覚えていましたね。と、親しさを表現するために、わざと津軽訛の言葉を使ってW君は、笑いながら言うのである。私も、久しぶりに津軽訛を耳にして、うれしく、こちらも大いに努力して津軽言葉を連発して、呑むべしや、今夜は、死ぬほど呑むべしや、というような工合いで、一刻も早く酔っぱらいたく、どんどん呑んだ。七時すこし過ぎに、Y君とA君とが、そろってやって来た。私は、ただもう呑んだ。感激を、なんと言い伝えていいかわからぬので、ただ呑んだ。死ぬほど呑んだ。十二時に、みなさん帰った。私は、ぶったおれるように寝てしまった。

きのうの朝、眼をさましてすぐ家の者にたずねた。「何か、失敗しなかったかね。失敗しなかったかね。わるいこと言わなかったかね」

失敗は無いようでした、という家の者の答えを聞き、よかった、と胸を撫でた。けれども、なんだか、みんなあんなにいい人ばかりなのに、せっかく、こんな田舎までやって来て下さったのに、自分は何も、もてなすことができず、みんな一種の淋しさ、幻滅を抱いて帰ったのではなかろうかと、そんな心配が頭をもたげ、とみるみるその心配が夕立雲の如く全身にひろがり、やはり床の中で、いても立ってても居られぬ転輾がはじまった。ことにもW君が、私の家の玄関にお酒を一升こっそり置いて行ったのを、その朝はじめて発見して、W君の好意が、たまらぬほどに身にしみて、その辺を裸足で走りまわりたいほどに、苦痛であった。

そのとき、山梨県吉田町のN君が、たずねて来た。N君とは、去年の秋、私が御坂峠へ仕事しに行ったときからの友人である。こんど、東京の造船所に勤めることになりました、と晴れやかに笑って言った。私はN君を逃がすまいと思った。台所に、まだ酒が残って在る筈だ。それに、ゆうべW君が、わざわざ持って来てくれた酒が、一升在る。

整理してしまおうと思った。きょう、台所の不浄のものを、きれいに掃除して、そうしてあすから、潔白の精進をはじめようと、ひそかに計画して、むりやりN君にも酒をすすめて、私も大いに呑んだ。そこへ、ひょっこり、Y君が奥さんと一緒に、ちょっとゆうべのお礼に、などと固苦しい挨拶しにやって来られたのである。玄関で帰ろうとするのを、私は、Y君の手首を固くつかんで放さなかった。ちょっとでいいから、とにかく、ちょっとでいいから、奥さんも、どうぞ、と、ほとんど暴力的に座敷へあがってもらって、なにかと、わがままの理窟を言い、とうとうY君をも、酒の仲間に入れることに成功した。Y君は、その日は明治節で、勤めが休みなので、二、三親戚へ、ごぶさたのおわびに廻って、これから、もう一軒、顔出しせねばならぬから、と、ともすれば、逃げ出そうとするのを、いや、その一軒を残して置くほうが、人生の味だ、完璧を望んでは、いけませんなどと屁理窟言って、ついに四升のお酒を、一滴のこさず整理することに成功したのである。

恐ろしい東京

夢野久作

久し振りに上京するとマゴック事や、吃驚《びっくり》させられる事ばかりで、だんだん恐ろしくなって来る。田舎にいると、これでも相当の東京通であるが、本場に乗り出すと豈計《あにはか》らんやで、皆から笑い草にされる事が多い。

横浜から出る電車は東京行ばかりと思って乗り込んで、澄まして新聞を読んでいるうちにフト気が付くと大森林の傍を通っているのでビックリした。モウ東京に着く頃だがハテ。何処の公園の中を通っているのか知らんと思って窓の外を覗いてみると単線になっているのでイヨイヨ狼狽した。車掌に聞いてみると八王子へ行くのだという。冗談じゃない。這々《ほうほう》の体《てい》で神奈川迄送り戻された。

　銀座尾張町から上野の展覧会へ行く積りで、生まれて初めての地下鉄へ降りてみる。見渡す限り百貨店みたいで、何処で切符を売っているのかわからないし、プラットフォームらしいものもないので、間違ったのかなと思って又石段を上って見ると、丸キリ知らない繁華な町である。そんなに遠くへ歩いたおぼえはないが……と不思議に思い思いモトの階段を降りて、反対側の階段を昇ると、又も素晴らしく巨大な、知らない時計店の前に出た。上野の広小路じゃないか知らんと思い迷ってキョロキョロしていたが、そうでもないようである。……とにかく今一度モトの処へ帰らなければと思い思い、タッタ今見て来た店の順序をタヨリに最初に降りた階段を上ってみるとヤットわかった。三つの町は三つとも銀座尾張町なので、入口が四ツ在るのを知らずに、同じ四辻を、別々の方向から眺めたから町の感じが違ったのだ。同時に、ホントの地下鉄はモウ一階下に在る事も、音響の工合でわかったので……ナアンダイ……と思ったが、しかし何となく心細くなったので、そのまま宿へ帰ってしまった。

　山の手線電車が田町に停まったら、降りた人が入口を開け放しにして行って寒くてしようがないので、入口を閉めようとしたがナカナカ閉まらない。直ぐ傍に立っている喜多実君と坂元雪鳥君とであったかが腹を抱えて笑っている。理由がわからず、マゴマゴしているうちに自動開閉器で閉まって来た扉に突き飛ばされかけた。

この恨みは終生忘れまいと心に誓った。

銀座の夜店で机の上にボール箱を二つ並べて、一方から一方へ堅炭を鉄の鋏《はさみ》で移している。一方が空になると又一パイになっているボール箱の方から一つ一つに炭を挾んで空のボール箱へ移し返し始める。それを何度も何度も繰り返しているから不思議に思って見ていたが、サッパリ理由がわからない。二つのボール箱の左から右へ、右から左へと一つ一つに炭の山を積み返し積み返して、夜通しでも繰り返しかねないくらい、やっている本人は落ち着き払っている。それを又、大勢の人が立って見ているからおかしい。今に理由がわかるだろうと思って一心に見ていたが、そのうちに欠伸が出て来たので諦めて帰った。

家に帰ってからこの事を皆に話したら、妹や従弟連中が引っくり返って笑った。その炭を挾む鉄の道具を売るのが目的だという事がヤットわかった。

こんな体験をくり返しているうちに筆者はだんだんと東京が恐ろしくなって来た。すくなくとも東京が日本第一の生存競争場である位の事は万々心得て上京した積りであったが、このアンバイで見るとその生存競争があんまり高潮し過ぎて、人間離れ、神様離れした物凄いインチキ競争の世界にまで進化して来ているようである。アノ高々と聳立《しょうりつ》している無電塔や、議事堂も事によると本物ではないかも知れない。あの青空や、太陽や、行く雲までもがキネオラマみたいなインチキかも知れない。田舎の太陽や、樹木や、電車や、人間はみんな本物だがナアと思うと急に田舎へ帰りたくなった。真黒に日に焼けた、泥だらけの子供の笑い顔が見たくて見たくてたまらなくなった。

その帰る前日に某名士の処へお暇乞《いとま》いに行った。某名士氏は八十幾歳の高齢で悠々と白髯《はくぜん》を扱《しご》いて御座った。

そこへ四十恰好の眼の鋭い、腕ッ節の強そうな刑事然たる人が羽織袴で面会に来て某名士氏の次の間にヒレ伏した。

「初めて御意を得ます。私は××県の者で御座いますが、私の友人で△△と申す者が個人的の特志で、日本政府の軍事探偵となりまして○○政庁の統治下に入り込んで活躍致しておりまするうちに、過般来、日本と○○政庁の外交関係が緊張致しました際、△△は部下十二人と共に一網打尽、引き上げられてしまいました。その捕縛された一刹那に△△はピストルで頭を撃って壮烈な自殺を遂げ、一切の真相を調査不可能に陥れましたので、部下十二名の罪はまだ決定致しかねている状態でありますが、その△△君の死は元来が特志でありました関係から、お上から勲章、年金等も頂戴出来ませぬは勿論のこと、その死因すら永久に公然と発表を許されない事になってしまったのであります」

　某名士氏はゆるやかにうなずきながらその男の顔を凝視していた。筆者もその男の咄々《とつとつ》と吐き出す肺腑の声に動かされて胸が一パイになって来た。そのうちに、その男の眼が真赤になって来た。

「その自殺致しました△△には妻と男の子が三人ありまして、今申上げましたような事情で路頭に迷うておりますのを、微力ながら吾々友人が寄り集まりまして、どうにかこうにか喰えるように処置いたしましたが、ここに困りますのはその三人の子供に父の死因が知らせられない事で御座います。今でも『お父さんは、何処で、どうして死んだか』と母親や私共に代る代る尋ねるので御座いますが、皆泣くばかりで返事が出来ません。それで……その父の死にました理由が、わかりますようなお言葉を、先生に一筆書いて置いて頂きましたならば……その子供たちの成長後に……」

　あとは声が曇って、わからなくなった。畳の上に両手を突いて男泣きに泣くばかりであった。

　某名士氏は静かに白髯を撚しながら立ち上った。次の間に毛氈《もうせん》と紙を展べさして、墨《ぼっ》痕《こん》深く「安天命致忠誠」「為△△君」と書いて遣った。その男は拝喜して帰った。

アトで某クラブへ行ってこの事を話したら、集まっていた男の中の一人が突然に笑い出した。

「アハハハ。その字は帰りに十円で売ったろう」

皆ゲラゲラと笑い出した。「東京にはその手が多いからね」筆者は愕然とした。トタンに東京が底の知れないほど恐ろしくなった。心の中で某クラブの連中に永久の絶交を申渡しながら東京を去った。

手品師

豊島与志雄

一

昔ペルシャの国に、ハムーチャという手品師がいました。妻も子もない一人者で、村や町をめぐり歩いて、広場に毛布を敷き、その上でいろんな手品を使い、いくらかのお金を貰って、その日その日を暮らしていました。赤と白とのだんだらの服をつけ三角の帽子を被って、十二本のナイフを両手で使い分けたり、逆立ちして両足で金の毬《まり》を手玉に取ったり、鼻の上に長い棒を立ててその上で皿廻しをしたり、飛び上がりながらくるくるととんぼ返りをしたり、その他いろんな面白い芸をしましたので、あたりに立ち並んでる見物人から、たくさんのお金が毛布の上に投げられました。けれどもハムーチャは、そのお金で酒ばかり飲んでいましたので、いつもひどく貧乏でした。「あああ、いつになったら、お金がたまることだろう」と嘆息《たんそく》しながらも、ありったけの金を酒の代にしてしまいました。雨が降って手品が出来ないと、水ばかり飲んでいました。そしてだんだん世の中がつまらなくなりました。

ある日の夕方、ハムーチャは長い街道を歩き疲れて、ぼんやり道ばたに屈み込みました。すると、遠くから来たらしい一人の旅人が通りかかりました。旅人はハムーチャの様子をじろじろ見ていましたが、ふいに立ち止まって尋ねました。

「お前さんは奇妙な服装《なり》をしているが、一体何をする人かね」

「私ですか」とハムーチャは答えました。「私は手品師ですよ」

「ほほう、どんな手品を使うか、一つ見せてもらいたいものだね」

そこでハムーチャは、いくらかの金を貰って、早速得意な手品を使ってみせました。

「なるほど、」と旅人は言いました、「お前さんはなかなか器用だ。だが私は、お前さんよりもっと不思議な手品を使う人の話を聞いたことがある。世界にただ一人きりという世にも不思議な手品師だ」

「へえー、どんな手品師ですか」

　そこで旅人は、その人のことを話してきかせました。――それは手品師というよりもむしろ立派な坊さんで、善の火の神オルムーズドに仕えてるマージでした。長い間の修業をして、ついに火の神オルムーズドから、どんな物でも煙にしてしまう術を授かりました。何でも北の方の山奥に住んでいて、そこへ行くには、闇の森や火の砂漠や、いろんな怪物が住んでる洞穴など、恐ろしい処を通らなければならないそうです。そのマージの不思議な術を見ようと思って、幾人もの人が出かけましたが、一人として向こうに行きついた者はないそうです。

「本当ですか」とハムーチャはたずねました。

「本当だとも、私は確かな人から聞いたのだ」と旅人は言いました。

「だがお前さんには、とてもそのマージの処まで行けやしない。それよりか、自分の手品の術をせいぜいみがきなさるがよい」

　そして旅人は行ってしまいました。

　ハムーチャは後に一人残って、じっと考え込みました。――こんな手品なんか使っていたって、一生つまらなく終わるだけのものだ。それよりはいっそ、その不思議なマージをたずねていってみよう。途中で死んだってかまうものか。もし運よく向こうへ行けてどんな物でも煙にしてしまうという術を授かったら、それこそ素敵だ。世間の者はどんなにびっくりすることだろう。

ハムーチャは命がけの決心をしました。マージをたずねて北へ北へとやって行きました。途中でも村や町で手品を使って、貰ったお金を旅費にして、酒もあまり飲まないことにいたしました。

二

北の方へ進むにしたがって、マージの噂は次第に高くなってきました。けれど、マージがどこに住んでるかは、誰も知ってる者がいませんでした。でもハムーチャは一生懸命でした。幾月もかかって、まっすぐに北の方を指して旅を続けました。野を越え山を越えて進みました。しまいには、人里遠く離れた深山に迷い込んでしまいました。それでもハムーチャは後に引返しませんでした。木や草の実を食ったり、谷川の水を飲んだりして、進んで行きました。獅子の森や、毒蛇の谷や、鷲《わし》の山や、いろんな恐ろしい処を通りぬけました。次には闇の森がひかえていました。鼻をつまれてもわからないほど真っ暗な森でした。次には怪物の洞穴がありました。見ただけでもぞっとするような恐ろしい怪物が、幾つもの洞穴の中に唸っていました。次には火の砂漠がありました。広々とした砂漠に一面に火が燃え立っていました。ハムーチャは眼をつぶって、一生懸命に駆けぬけました。火の砂漠を駆けぬけた時には、もう眼がくらみ息がつまって、地面に倒れたまま、気を失ってしまいました。

暫《しばら》くたつと、「ハムーチャ、ハムーチャ、」と呼ぶような声がしましたので、彼ははっと眼を開きました。見れば、白木造りのささやかな家の中に自分は寝ているのでした。枕もとには一人の気高い人が座っていました。真っ白な服装をし、頭に白布を巻いた、年齢《とし》のほどはわからない人でした。ハムーチャが眼を開いたのを見て、静かに微笑んで言いました。

「ハムーチャ、わしはお前が来ることを知って迎えてあげたのだ。今までに幾人となく、わしをたずねて来かかった者はあるが、みな途中で引き返してしまった。それなのにお前は、たとえ命がけとはいえ、よくもこれまでやって来た」

ハムーチャは起き上がって、頭を床にすりつけながら言いました。

「ああマージ様、どんな物をも煙にしてしまうというマージ様は、あなたでございましょう。どうか私にその術をお授け下さいませ」

「授けてもよいが、それには七年間苦しい修業をしなければならないぞ」

「はい、七年でも十年でも、一生の間でも、どんな苦しい修業もいたします」

そしてハムーチャは、七年間マージの許で修業することになりました。それがまた一通りの修業ではありませんでした。水一杯飲まないで一週間も座り続けていたり、谷川の水に終日首までつかっていたり、重い荷を背負って山道を上がり下りしたり、むずかしい書物を何千回も写し直したり、一月の間も無言でいたり、いろんな辛いことがありました。そして始終、祭壇に燃える火を絶やしてはいけませんでした。ハムーチャは何度か力を落としましたが、その度毎に思い諦めて、ともかく七年間の修業を終えました。そして、どんな物でも煙にするという火の神の術を授かりました。その上、元来が手品師ですから、その煙をいろんなものの形にするという工夫をしました。

ハムーチャがいよいよ世の中へ戻ってゆくという時、マージは彼へよく言い聞かせました。

「物を煙にするこの術は、善の火の神オルムーズドから授かったのだから、すべて生きてるものや役に立つものを決して煙にしようとしてはいけない。オルムーズドから世の中に遣わされたのだと心得ていなければならない。もしよからぬ心を起こすと、お前の術は悪の火の神アーリマンのものとなって、自分を亡《ほろ》ぼすようなことになる」

「承知いたしました」とハムーチャは答えました。

三

そこでハムーチャは、再び火の砂漠や闇の森や怪物の洞穴などを通り越して、人間の住んでる方へ出て来ました。そして様子を窺ってみると、もう七年もたった後のことでしたし、誰もマージの許へ行きついた者もありませんでしたから、マージの噂は嘘だとして消えてしまっていました。

「今に皆をびっくりさしてやる」とハムーチャは一人微笑みました。

ある町まで行くと、ちょうどお祭りの日でした。ハムーチャは人だかりのしてる広場に、新しい毛布を広げて、まず普通の手品を使ってみせました。それから大声で言いました。

「さてこれから、世にも不思議な術を見せてあげまするぞ。これは火の神オルムーズドから授かった術で、どんなものをも煙にしてしまって、その煙でいろいろな物の形を現わすという、天下にまたとない妙術ですぞ。さあさあ、不用な物があったら持っておいで、この場で煙にしてご覧に入れる」

そこで見物人の一人が古い帽子を差し出しました。ハムーチャは受け取って、もう破れこけて役に立たないことを見定めると、それを毛布の上に置き、自分はその側に屈んで、胸に両手を組み合わせ口に何か唱えました。と、不思議にも、その古帽子がふーッと煙になって、その煙がまた大きな鳥の形になって、空高く飛び去ってしまいました。

あまりの不思議さに、人々は呆気にとられました。次には夢中になって喝采しました。そしてお金が雨のように投げられました。ハムーチャは得意になって、なおいろんな物を煙にしてみせました。

それからは、ハムーチャの噂がぱっと四方に広がりました。ハムーチャの行く先々で、もうその地方の人々が待ち構えていました。中には、是非私共の町へ来てくれと、馬車を迎えによこす者さえありました。しかしハムーチャは、馬車なんかには乗らずに、例の赤と白とのだんだらの服をつけ、三角の帽子を被って、てくてく歩いて行きました。

懐にはたくさんの金がたまっていました。いくら酒を飲んだり御馳走を食べたりしても、なかなか使いきれませんでした。

そしてハムーチャは町々をめぐって、ある大きな都にさしかかりました。都の人たちは、今にハムーチャが来るとて大騒ぎをしました。いよいよハムーチャがやって来ると、都の一番賑やかな広場に案内しました。広場にはもう立派な毛布が敷きつめられ、不用な品々が山のようにつまれ、四方には桟敷《さじき》が出来ていて、ぎっしり人だかりがしていました。ハムーチャは少しびっくりしましたが、やがて、揚々《ようよう》と場所の真ん中に進み出ました。四方から、雷のような拍手が起こりました。

四

ハムーチャはまず、ナイフを使い分けたり、足で金の毬を手玉に取ったりして、普通の手品をやりました。それが済むと、いよいよ煙の術にかかりました。ところが、あまりいろんな品物がつまれていますので、どれから先にしてよいかわからずに、しばらく考えてみました。そしてふと思いついて、皆一緒に煙にしてしまおうときめました。例の通りそこに屈んで、胸に両手を組み合わせ口に何やら唱えますと、まあどうでしょう、山のように積まれてる品物が、一度にどっと煙になって、その煙がまたさまざまな花となって、空一面に広がりました。あまりの見事さにあたりの人々はやんやと囃《はや》し立てました。

やがて煙の花が消え、狂うような喝采が静まると、人々は少し不満足に思いました。いろんな物を一つずつ煙にしてもらうつもりだったのが、一度で済んでしまったからです。

「もっと何か煙にして下さい。この金入れでもいいから」

そう言って一人の者が、大きな革の財布を差し出しました。

「いや、いけない」とハムーチャは答えました。「これは悪の火の神アーリマンの術ではなくて、善の火の神オルムーズドの煙だから、役に立たない不用な物しか煙にはなせないのだ」

すると、他の一人が言いました。

「ここに敷きつめてる毛布をみなあなたに上げよう。そうすれば、あなたのその小さな毛布は不用になるでしょうから、それを煙にして下さい」

「なるほど、」とハムーチャはちょっと考えてから答えました、「この立派な毛布を貰えば、私の小さな毛布はもういらなくなるわけだ」

そこで彼は、自分の毛布を煙にしてみせました。煙は青々とした野原の形となって、空高く消えてゆきました。

するとこ今度は、ある人が立派な靴を持ち出しました。

「この立派な靴をあなたに上げよう。そうすれば、あなたのその破れた靴は不用になるでしょうから、それを煙にして下さい」

「なるほど、」とハムーチャはちょっと考えてから答えました、「この立派な靴を貰えば、私の破れ靴はもういらなくなるわけだ」

そこで彼は、自分の靴を煙にしてみせました。煙は大きな馬の蹄《ひづめ》の形となって、空高く消えてゆきました。

都の人々は、それでもまだ承知しませんでした。あまりの不思議さに、もうみんな夢中になっていました。

鳥の羽のついた立派な帽子を持ち出す者がありました。宝石のついた見事な服を持ち出す者がありました。駱駝《らくだ》の子の胸毛で織ったシャツを持ち出す者がありました。

そしてハムーチャは、前と同じように身につけてるものをみな煙にしてしまいました。三角の帽子は禿鷹の形の煙となって消えました。赤と白とのだんだらの服は大蛇の形の煙となって消えました。汚れた麻のシャツはなめくじの形の煙となって消えました。ハムーチャはまっ裸となって、立派な衣装の重ねてある側に立っていました。

そこへ、十五、六歳の娘が一人、肩から胸まで現わにして飛び出しました。金色の髪がふさふさと肩に垂れ、海のように青い眼をし、薔薇色の頬をして、肌は大理石のように滑らかで真っ白でした。

娘は言いました。

「私はこの身体をあなたに上げましょう。そうすれば、あなたの年とった皺《しわ》だらけの身体は不用になるでしょうから、それを煙にしてみせて下さい」

「なるほど、」とハムーチャは暫く考えてから答えました、「あなたの美しい身体を貰えば、私の汚ない身体はもういらなくなるわけだ」

そこで彼は、胸に両手を組み合わせ、口に何やら唱えました。すると彼のからだは、ふーっと煙になってしまい、その煙がまっ黒な雲となって、空高く消え失せました。

人々は我を忘れて喝采しました。ところが、ハムーチャはいつまでたっても戻って来ませんでした。戻って来るはずはありません、自分が煙となって消え失せてしまったのですもの。何もかもそれでおしまいになりました。

或良人の惨敗

佐々木邦

日本はアメリカよりも自由国である。小学校で進化論を教えても問題にならない。しかし鳥居氏の家庭では、

「お母さん、僕も先祖は猿でしょうかね？」

と十歳になる惣領《そうりよう》息子が尋ねた時、日頃貞淑《ていしゆく》な夫人が、

「何《ど》うだろうかね。私はお前のお父さんの親類のことは知らないよ」

と答えたので、夫婦の間に一場の波瀾《はらん》が持ち上った。長火鉢を隔てて夕刊を読んでいた主人公は、

「変なことを言うじゃないか？」

と覚えず鎌首を擡《もた》げたのである。

「知らないから知らないと申したんですわ」

と応じながら、夫人は一方女中に早く食卓の上を片付けるように目つきで命じた。もう一方末の子に乳を飲ませている。又もう一方少し考えていることもあった。三方四方ナカナカ忙しい。

「何も俺の親類を引き合いに出す必要はあるまい。或《あるい》は猿かも知れないと言わないばかりじゃないか？」

と鳥居氏は追究した。

夫人はこの時笑ってしまえば宜《よ》かったのに、何うも然《そ》う行き兼ねた。女中が先《ま》ず笑ったのである。それが先刻の仇討のように思えた。私を叱っても旦那さまの前へ出ればこの通りと言ったように取れた。尚お居並ぶ子供の手前もあった。そこで勢い、

「人間なら猿かも知れませんわ」

とやった。無論、現在人間なら先祖は猿かも知れないという意味で、進化論を認めたのである。

「人間ならと言うと人間じゃないとも思えるのかい？」

と鳥居氏は又咎めた。いつもは斯《こ》うしつこくないのだが、主人公、今日は特に気を廻す理由がある。

夫人はここで笑っても未だ晩《おそ》くはなかった。しかし少し料簡がある上に、女中が手を休めて傾聴しているので、行きがかり上止むを得ない。主婦には主婦の見識がある。

「何の気なしに申したことをそんなに仰有《おっしゃ》らなくても宜うございましょう？　あなたは余っ程変な人ね」

と夫人は乳飲み子を抱き直して、良人《おっと》をキッと見据えた。折から、

「電報！」

という声が玄関から響いた。惣領が早速取次いだ。鳥居氏は電文を一読して膝の上へ置いた。

「兄さんからですか？」

と夫人は覗くようにして訊いた。主人公は答弁の限りでないというような仏頂面をして又電文に眺め入った。鳥居氏の家系が猿から出たか何うかという討論は差当り延期になった。

「僕にも見せて下さい」

と長男はお父さんがやがて食卓の上に置いた電報を手にした。電報のことは近頃学校で習ったばかりだったから、実物に接するのは一種の学問である。殊に自分が配達夫から受取って来てお父さんに渡したのだから、先刻から見たくて堪らなかった。しかし普通の家庭へ舞い込む電報には好い消息よりも悪い消息の方が多い。滅多に顔を見たことのない伯父さんから届いた電報は、

「タノンダカネハンブンダケデンポウデスグネガウ」

とあった。弟に無心を言うような兄は濁音の倹約をしない。

二時間ばかり後に夫人は四人の子供を悉皆《すっかり》寝せつけてから、再び長火鉢の前に現れた。鳥居氏は食卓の上にラジオセットを置いて長唄を聴いていた。御機嫌の悪い上に元来盤台面である。レシーバーの銀棒が二本の角のように見えた。

「あなた」

と夫人は坐ると直《す》ぐに言った。

「何だい？」

と鳥居氏はもう倦《あ》きていたからレシーバーを外した。

「子供や女中の前であんなにツケツケ物を仰有っては困りますよ」

と夫人は添乳《そえぢ》をしながら考えて置いたプログラムに従って行動を開始した。進化論丈《だ》けならあのままにしても宜かったのだが、義兄からの電報がある。

「子供がいたって何がいたって、誠意をもって不都合を窘《たしな》めるに差支えない」

と答えながら、鳥居氏は夫人の強硬な態度を稍々《やや》意外に感じた。しかし歯牙にかけないという風を示す為めに、泰然としてレシーバーを被ろうとした。

「あなたは誠意がございますからね」

「お前は妙に食ってかかるんだね？」

「あなたこそ変につっかかるわ」

と夫人は何処《どこ》までも挑戦的に出た。

「俺はお前が何故そんなに楯をつくか知っている。兄に金を貸すのが不平なんだろう？」

と鳥居氏も最早《もう》ラジオどころでなかった。

「そんなことはありませんわ。あなたのお金をあなたがお上げになるんですもの、お勝手じゃありませんか？」

と女というものは見す見すそれでも、決してそれとは言わない。尤《もっと》も夫人の場合は厄挫《やくざ》な兄の無心が当面の問題でなかった。常からある一般的不平が昨日の書面と今日の電報で刺戟《しげき》されたのだった。

「それが厭味《いやみ》だよ」

と鳥居氏は忌々《いまいま》しがった。

「あなたは何でも気を廻すのね。男らしくもない」

と夫人は益々強硬だった。

「お前が何と言っても俺は貸す。お前には迷惑をかけないから黙っていなさい」

と鳥居氏は悉皆《すっかり》激してしまった。

「だから私は何とも申しませんよ。思召し通りになすったら宜しゅうございましょう」

「思召し通りにするよ」

「けれども私くらい詰まらないものはありませんね。何一つ正式に相談をかけて戴いたことがないんですから」

「それじゃ相談する。今度丈《だ》け貸すから承知しておくれ」

「私は兄さんに御用立てするのを彼《あ》れ是《こ》れ申しませんよ。今までだって一度でも苦情らしいことを申しましたか？　唯あなたが何でも私を差置いて独断でなさるから腹が立つのです」

「俺はそんなに独断かね？」

「独断ですとも。御自分勝手ですわ。昨日のお手紙だって私が訊かなければ黙っていなさるじゃありませんか？　同じ御用立てるにしても、実は斯《こ》うだと一言仰有って下されば、私だって何んなに心持が好いか知れませんわ」

　と夫人の訴えるところは至極道理だった。

「それは俺だって有りもしない金を絞り取られるのは感服しない。自分でもクサクサすることをお前の耳に入れたくないんだ。お前に相談しないで断ったこともあるよ」

「断ったって承知なさらないでしょう？」

「それは然うさ。精々値切るぐらいのところさ。それだものだから、この頃は駈引を覚えて三四割掛値を言って来る。しかし旅先で困っているものを打《う》っ棄《ちゃ》っても置けないじゃないか？　俺は何も兄の不始末を匿《かく》す気じゃない。そんな他人行儀はしない積《つも》りだ。唯お前に不愉快な思いをかけたくないから黙っていたのさ」

　と鳥居氏も素より善意である。

「それでも夫婦ですから、一言相談して戴きとうございますわ」

と夫人も良人の申分を弁解とばかりは思わないが、見す見す二百円三百円と纏《まと》まった金が銀行の通帳から永久に消えて行く仕事だから、何とか苦情をつけたくなる。

こんな押し問答が少時《しばらく》続いた後、鳥居氏は、

「何にしても厄介な兄貴だよ。黒羊《ブラックシープ》って奴だね。兄弟が多いと何処の家でも一人ぐらい屑が出る。諦めてはいるものの、毎年だからやり切れない」

と長歎息した。

「年に二度のこともございましたわ」

と夫人はチャンと覚えている。

「何か正業についてくれると宜いんだが、大きなことばかり言って彼方此方《あっちこっち》飛んで廻って歩いて、真正《ほんとう》に兄弟泣かせだよ」

「兄弟泣かせって、大きい兄さんのところや祐三さんのところへは些《ち》っとも仰有らないじゃありませんか？」

「それは大きい兄さんは軍人だもの。余裕のないことが分っている。祐三とは年が大分違うから、彼処《あすこ》へも行き悪《にく》い。片付いた妹は諦めている。つまり俺丈けを信頼しているのさ」

「有難い信頼ですわ。不断は寄りつきもしないくせに」

「それでもお父さんの亡くなった時は北海道から駈けつけたじゃないか？　あれでナカナカ好いところもある。一番泣いたのは常二郎兄貴だったからね」

「当り前ですわ。不断音信不通で一番苦労をかけていたんですもの。兄さんの義理は後にも前にもあれっきりじゃございませんか？　大地震の時だって見舞状一本下さいませんでしたわ。此方から知らせて上げたら、漸《ようや》くのことで、何《ど》うせ皆焼け死んだろうと思って諦めていたなんて言って寄越したでしょう？　憎らしいわ」

「まあまあ、兄貴のことはもう勘弁してくれ。何うせ厄《やく》挫《ざ》ものさ。金を取られる上にお前から油を絞られちゃ俺《わし》も立つ瀬がない。これからは万事誠意をもって相談するから機嫌を直しなさい」

と鳥居氏は結局兜を脱いだ。

「私、兄さんのことで機嫌を悪くしているんじゃありませんわ。あなたが御自分勝手だから少し申上げたいんです」

と夫人はこれから本論に入るのだった。

「それだから以来は誠意をもって相談すると言っている」

と鳥居氏は又少し語気を荒くした。兎《と》に角《かく》折れて出たのに未だ納得しないとは増長しているると思ったのである。

「その誠意と仰有るのが、私、信じられませんの」

と夫人は空嘯《そらうそぶ》いた。

「分ったよ、お光、分ったよ。羽織を拵《こしら》えてやると言って未だ拵えてやらないからだろう？　拵えなさい。明日にでも三越へ行くが宜い」

と鳥居氏は兄貴に故なくして二百円差出すものが妻の羽織に五十円吝《おし》んでいる矛盾を認めた。

「あの羽織はもう拵えましたわ」

「拵えた？　いつ？」

「先月拵えましたわ。婦人会がございましたからね」

と夫人は落ちつき払っていた。

「それはお前の方が些っと誠意を欠きはしないか？」

と鳥居氏は又険悪な顔になった。夫人はプログラムに従って行動しているから常に冷静を失わないけれど、良人は方針が立たない。臨機応変に赤くなったり青くなったりするところは七面鳥に似ていた。

「あなたが何と仰有っても、婦人会は事実新柄の共進会でございますからね。然う然う同じものばかり着ては出られませんよ」

「そんなら断って拵えるが宜い」

「あなたも私に断って何かお求めになったことがございますの？」

「三十円以上の品物を買う時は兎に角必ず断ることになっているだろう？　俺は洋服を拵えるにも外套《がいとう》を拵えるにも一々《いちいち》お前に断っているよ」

「オホホホ」

「何を笑う？」

「何でも宜うございますわ。もうお休みしましょうよ。詰まらない」

と夫人は最後の刺戟を加えた。

「お前はいつの間にそんな不貞腐れになったんだい？　まるで毒婦だ、態度が」

と鳥居氏は烈火のように怒ってしまった。戦いこれから酣《たけなわ》になる。

「羽織一枚ぐらいで毒婦呼ばわりをされたんじゃ私も黙っていられませんよ。あなた」

「何だ？」

「あなたぐらい水臭い人はありませんよ。男らしくもない細工ばかりして！」

「何処が男らしくない？」

「変な匿し立てばかりなさるじゃありませんか？」

「何を匿したか聴こう」

「朝寝坊のあなたが時々薄暗い中に起きる理由を私は疾《と》うから知っているんでございますよ」

と言って、夫人は何れくらい利いたか見定めるように良人の顔色を打目戍《うちまも》った。

「ふうむ、盆栽のことだね」

「この春から秋へかけてあなたが幾鉢お買いになったか私は存じて居りますよ」

「それが何うした？　俺の小遣で俺が買うのにお前の干渉は受けない」

「それなら私に匿さなくても宜いでしょう？」

「匿しはしない」

「いいえ、嘘です。晩に買ってお出になって玄関の植込に匿して置くじゃありませんか？　そうして朝早く起きてコッソリと庭の棚へ上げるじゃありませんか？　御自分のお小遣でお求めになったものなら、そんなに秘密になさるにも及びますまい？」

「秘密にする次第《わけ》でもないが、お前が没趣味だからさ。又かというような顔をされるのが面白くない。細君のやかましい盆栽家は皆然うするんだ。俺ばかりじゃない。世間を知らないくせにして人を疑るな！」

「でも変ね。八十円だの百十円だのとお友達に仰有っていたじゃありませんか？」

「あれはそれ丈けの値打のあるものを安く買って来たと言ったんだ。盆栽家は誰だって自慢をするよ」

「あなた、甚だ立ち入ったようで申訳ありませんが、あなたの通帳を拝見させて戴けませんでしょうか？　一家の主婦として家にお金があるのかないのか知らないでいるのも随分迂闊《うかつ》な話でございますからね」

「通帳は見せない」

「お見せになれない理由《わけ》がございましょう？」

「別に理由はないが、然う喧嘩腰になって強要するものに見せるものか。頭を下げて頼むなら兎に角」

「宝物じゃございませんわ。頭は下げませんよ」

「それだから見せない」

「意地ですね？」

「然《そ》うだ。勝手にしろ！」

と鳥居氏は進退谷《きわま》って暴言を吐いた。第一戦は良人の敗北と認めて宜かろう。

「あなた、私未だ申上げることがございますのよ」

と夫人は暫時休憩の後第二回の攻撃に取りかかった。

「もう止せ。うるさい」

「いいえ、序《ついで》ですから白状して戴きますわ」

「白状？　失敬なことを言うな」

「この秋あなたのなすったことで一番悪かったと思召すことを白状して下さい。私も金紗の羽織を一枚白状致しますから、お互っ子ですわ」

「好い加減にしろ」

と鳥居氏は口先丈け強く言っても、肚の中に弱味があったからつい考え込んだ。

「沢山おありで見当がつき兼ねましょうから、何なら私の方から申上げましょうか？」

と夫人は綽々《しやくしやく》たる余裕を示して、

「あなたはこの夏八十五円の碁盤に惚れたと仰有ったでしょう？」

と相手の様子を覗った。

「俺はもう寝る」

「まあお待ち下さい。子供が追々大きくなりますから、家庭内で惚れたなんて下劣な言葉をお使いになっては迷惑致します」

「言葉の注意か？　それなら慎もう」

「お言葉も慎んで戴きますが、秋になると早々碁会で一等賞をお取りになったと仰有って、その翌晩あの新しい碁盤と合乗りでお帰りになりましたね？」

「ふうむ。あの碁盤に嫌疑がかかっているのかい？」

と鳥居氏は如何にも案外のようだった。

「然うでございますよ。ああいう細工をなさるから誠意がないと申上げるのです」

「驚いたね。尤もお前は碁を知らないから、そんな風に考えるのだろう。碁って奴は弱ければ置いて打つから誰でも対等だよ。勝負は時の運さ。俺だって一生に一度ぐらいは全勝もしようさ。家へ来る碁打ち連中に訊いて見るが宜い。それに一等賞として水引をかけて熨斗《のし》をつけてあったじゃないか？」

「水引ぐらいは碁盤屋の小僧にもかけられますわ。私は証拠を握っていますよ」

「何んな証拠を？」

「それ御覧なさい。気になるじゃありませんか？」

「釣ろうったって駄目だよ。盆栽の方は仕方がないが、碁盤は寃罪《えんざい》だ」

「それじゃ盆栽丈けはお認めになりますのね」

「或程度まで認める。俺はもう寝るよ」

「あなたは能《よ》く能《よ》く図太い人ね？」

と夫人は呆れ果てたように言った。

「何故？」

「何処までも駈引があるんですもの」

「勝手にしなさい」

「あなた、もし私が碁盤屋の受取証を持っていたら何うなさいます」

「え？」

「金八十五円、芝区今入町でございますよ」

「ふうむ。恐れ入った」

と鳥居氏はもう退っ引きならなかった。一回戦に負けた良人は二回戦でイヨイヨ泥を吐いたのである。

「それ御覧なさいませ」

「一言もないよ。矢っ張《やぱ》り悪いことは出来ないものだね。何うしてそんなものがお前の手に入ったんだろう？」

「あなたの夏服をクリーニングにやる時ポケットの中を検《あらた》めました。すると電車の回数券の表紙と一緒に出て参りましたのよ。天罰ね」

と夫人は勝ち誇った。しかしクリーニングにやる時ではなかったかも知れない。良人たるものは毎日洋服のポケットを検められていると覚悟する方が安全である。

「あの碁盤には実際惚れたのさ。諦められなくて幾度も見に行ったが、既に二面あるので何うもお前には相談をかけ悪かった。そこで一策を案じて、碁会の翌日に実行したのさ。確か九月の俸給日だったと覚えている」

「私は腹が立ちましたわ。こんなことをしているならと思って直ぐ羽織を拵えたんですが、未だ虫が治まりませんから、帯も一本買いましたわ。両方で丁度碁盤ぐらいです。あなたが白状なすったから、私も白状致しますわ」

「お前もナカナカ隅へは置けないんだね」

と鳥居氏は拠《よんどこ》ろなく夫人の手腕を褒めた。

「でも、私は良心がありますわ。始終気が咎めていたんですもの」

「何うだか？」

「それはあなたが御自分のお心に引き較《くら》べて仰有ることよ。あなたぐらい図々しい人はありませんわ」

「図々しくもないんだが、美事成功した積りで安心していたのさ」

「安心していられる丈け図々しいんですよ。私なんか直ぐに後悔致しましたわ。帯や羽織を拵えても、あなたに見て戴けなければ些っとも嬉しいことはございませんわ」

と夫人は媚を含んだ目つきを良人に浴せかけた。三十を越しても努力すれば多少の色気は出る。

「成程、それもあったろうね」

と鳥居氏は先刻から散々胴突かれたことを悉皆《すつかり》忘れてしまった。

「私、毒婦でしょうかね？」

「いや、そんなことはないよ。あれは失言だ。取消す」

「もうお互に堪忍しましょうね」

「俺が悪かったのさ。これからは憲法を堅く守ろう。三十円以上の支出は必ずお前に相談する」

「通帳は見せて戴けませんの？」

「それ丈けはこの際俺の顔を立てておくれ。もう悉皆兜を脱いでいるんだから」

「これからを慎んで下されば宜うございますわ」

「無論慎むさ」

「お正月になると又碁会がございましょう？　碁盤が三面あって石が二組しかなければ、あなたは又屹度一等賞になって百円ぐらいの碁石を貰ってお出《いで》になりますわ。私、それが怖かったのでございます」

「もう大丈夫だ。買いたければ相談する。俺の道楽は碁と盆栽丈けだ。通帳を見せなくても案じることはない。他の方面は頗る堅いんだからね」

「安心していますわ。あなたみたいな人を誰が何うするもんですか」

と夫人は篤く信任していた。

「散々だね。褒められたんだか貶されたんだか分らない」

と恐悦して、鳥居氏は、

「お茶の一杯も入れないか？　夫婦喧嘩は喉が渇く」

「お草臥《くたび》れなら水を入れて差上げますわ。オホホホホ」

と夫人はプログラムの終りに達した。

永日小品（抄）

夏目漱石

元日

雑煮を食って、書斎に引き取ると、しばらくして三、四人来た。いずれも若い男である。その内の一人がフロックを着ている。着なれないせいか、メルトンに対して妙に遠慮する傾きがある。あとのものは皆和服で、かつ不断着《ふだんぎ》のままだからとんと正月らしくない。この連中がフロックを眺めて、やあ――やあと一ツずついった。みんな驚いた証拠である。自分も一番あとで、やあといった。

フロックは白い手巾《ハンケチ》を出して、用もない顔を拭いた。そうして、しきりに屠蘇《とそ》を飲んだ。ほかの連中も大いに膳のものを突ついている。ところへ虚子が車で来た。これは黒い羽織に黒い紋付を着て、極めて旧式にきまっている。あなたは黒紋付を持っていますが、やはり能をやるからその必要があるんでしょうと聞いたら、虚子が、ええそうですと答えた。そうして、一つ謡《うた》いませんかと云い出した。自分は謡ってもようござんすと応じた。

それから二人して東北というものを謡った。よほど以前に習っただけで、ほとんど復習という事をやらないから、ところどころ甚だ曖昧である。その上、我ながら覚束ない声が出た。ようやく謡ってしまうと、聞いていた若い連中が、申し合せたように自分をまずいといい出した。中にもフロックは、あなたの声はひょろひょろしているといった。この連中は元来謡のうの字も心得ないものどもである。だから虚子と自分の優劣はとても分らないだろうと思っていた。しかし、批評をされて見ると、素人でも理の当然なところだからやむをえない。馬鹿をいえという勇気も出なかった。

すると虚子が近来鼓《つづみ》を習っているという話しを始めた。謡のうの字も知らない連中が、一つ打って御覧なさい、是非御聞かせなさいと所望している。虚子は自分に、じゃ、あなた謡って下さいと依頼した。これは囃の何物たるを知らない自分にとっては、迷惑でもあったが、また斬新という興味もあった。謡いましょうと引き受けた。虚子は車夫を走らして鼓を取り寄せた。鼓がくると、台所から七輪を持って来さして、かんかんいう炭火の上で鼓の皮を焙《あぶ》り始めた。みんな驚いて見ている。自分もこの猛烈な焙りかたには驚いた。大丈夫ですかと尋ねたら、ええ大丈夫ですと答えながら、指の先で張切った皮の上をかんと弾いた。ちょっと好い音がした。もういいでしょうと、七輪からおろして、鼓の緒を締めにかかった。紋服の男が、赤い緒をいじくっているところが何となく品が好い。今度はみんな感心して見ている。

虚子はやがて羽織を脱いだ。そうして鼓を抱い込んだ。自分は少し待ってくれと頼んだ。第一彼がどこいらで鼓を打つか見当がつかないからちょっと打ち合せをしたい。虚子は、ここで掛声をいくつ掛けて、ここで鼓をどう打つから、おやりなさいと懇《ねんごろ》に説明してくれた。自分にはとても呑み込めない。けれども合点の行くまで研究していれば、二、三時間はかかる。やむをえず、好い加減に領承した。そこで羽衣の曲《くせ》を謡い出した。春霞たなびきにけりと半行ほど来るうちに、どうも出が好くなかったと後悔し始めた。甚だ無勢力である。けれども途中から急に振るい出しては、総体の調子が崩れるから、萎靡因循《いびいんじゅん》のまま、少し押して行くと、虚子がやにわに大きな掛声をかけて、鼓をかんと一つ打った。

自分は虚子がこう猛烈に来ようとは夢にも予期していなかった。元来が優美な悠長なものとばかり考えていた掛声は、まるで真剣勝負のそれのように自分の鼓膜を動かした。自分の謡はこの掛声で二、三度波を打った。それがようやく静まりかけた時に、虚子がまた腹いっぱいに横合から威嚇《おどか》した。自分の声は威嚇されるたびによろよろする。そうして小さくなる。しばらくすると聞いているものがくすくす笑い出した。自分も内心から馬鹿馬鹿しくなった。その時フロックが真先に立って、どっと吹き出した。自分も調子につれて、いっしょに吹き出した。

それから散々な批評を受けた。中にもフロックのはもっとも皮肉であった。虚子は微笑しながら、仕方なしに自分の鼓に、自分の謡を合せて、めでたく謡い納めた。やがて、まだ廻らなければならない所があると云って車に乗って帰って行った。あとからまた色々若いものに冷かされた。細君までいっしょになって夫を貶した末、高浜さんが鼓を御打ちなさる時、襦袢の袖がぴらぴら見えたが、大変好い色だったと賞めている。フロックはたちまち賛成した。自分は虚子の襦袢の袖の色も、袖の色のぴらぴらするところもけっして好いとは思わない。

風博士

坂口安吾

諸君は、東京市某町某番地なる風博士の邸宅を御存じであろう乎《か》？　御存じない。それは大変残念である。そして諸君は偉大なる風博士を御存知であろうか？　御存知ない。それは大変残念である。では偉大なる風博士が自殺したことも御存じないであらうか？　ない。嗚呼《ああ》。では諸君は遺書だけが発見されて、偉大なる風博士自体は杳《よう》として紛失したことも御存知ないであろうか？　ない。嗟乎《ああ》。では諸君は僕が其筋の嫌疑のために並々ならぬ困難を感じていることも御存知ないのであろうか？　於戯《ああ》。では諸君は僕が偉大なる風博士の愛弟子であったことも御存じあるまい。しかし警察は知っていたのである。そして其筋の計算に由れば、偉大なる風博士は僕と共謀のうえ遺書を捏造《ねつぞう》して自殺を装い、かくてかの憎むべき蛸博士の名誉毀損《きそん》をたくらんだに相違あるまいと睨んだのである。諸君、これは明らかに誤解である。何となれば偉大なる風博士は自殺したからである。果して自殺した乎？　然り、偉大なる風博士は紛失したのである。諸君は軽率に真理を疑っていいのであろうか？　なぜならば、それは諸君の生涯に様々な不運を齎《もた》らすに相違ないからである。真理は信ぜらるべき性質のものであるから、諸君は偉大なる風博士の死を信じなければならない。そして諸君は、かの憎むべき蛸博士の——あ、諸君はかの憎むべき蛸博士を御存知であろうか？　御存じない。噫呼《ああ》、それは大変残念である。では諸君は、まず悲痛なる風博士の遺書を一読しなければなるまい。

風博士の遺書

諸君、彼は禿頭《はげあたま》である。然り、彼は禿頭である。禿頭以外の何物でも、断じてこれある筈はない。彼は鬘《かつら》を以て之の隠蔽をなしおるのである。ああこれ実に何たる滑稽！　然り何たる滑稽である。ああ何たる滑稽である。かりに諸君、一撃を加えて彼の毛髪を強奪せりと想像し給《たま》え。突如諸君は気絶せんとするのである。而《そ》して諸君は気絶以外の何物にも遭遇することは不可能である。即ち諸君は、猥褻名状すべからざる無毛赤色の突起体に深く心魄を打たるるであろう。異様なる臭気は諸氏の余生に消えざる歎きを与えるに相違ない。忌憚なく言えば、彼こそ憎むべき蛸である。人間の仮面を被り、内にあらゆる悪計を蔵《かく》すところの蛸は即ち彼に外ならぬのである。

諸君、余を指して誣告《ぶこく》の誹《そしり》を止め給え、何となれば、真理に誓って彼は禿頭である。尚疑わんとせば諸君よ、巴里府《パリ》モンマルトル三番地、Bis, Perruquier ショオブ氏に訊き給え。今を距《へだた》ること四十八年前のことなり、二人の日本人留学生によって鬘の購《あがな》われたることを記憶せざるや。一人は禿頭にして肥満する豚児《とんじ》の如く愚昧の相を漂わし、その友人は黒髪明眸《めいぼう》の美少年なりき、と。黒髪明眸なる友人こそ即ち余である。見給え諸君、ここに至って彼は果然四十八年以前より禿げていたのである。於戯《ああ》実に慨嘆の至に堪えんではない乎！　高尚なること槲《かしわ》の木の如き諸君よ、諸君は何故彼如き陋劣漢《ろうれつかん》を地上より埋没せしめんと願わざる乎。彼は鬘を以てその禿頭を瞞著《まんちやく》せんとするのである。

諸君、彼は余の憎むべき論敵である。単なる論敵であるか？　否否否。千辺《せんべん》否。余の生活の全てに於て彼は又余の憎むべき仇敵である。実に憎むべきであるか？　然り実に憎むべきである！　諸君、彼の教養たるや浅薄至極でありますぞ。かりに諸君、聡明なること世界地図の如き諸君よ、諸君は学識深遠なる蛸の存在を認容することが出来るであろうか？　否否否、万辺否。余はここに敢て彼の無学を公開せんとするものである。

諸君は南欧の小部落バスクを認識せらるるであろうか？　もしも諸君が仏蘭西《フランス》、西班牙《スペイン》両国の国境をなすピレネエ山脈をさまようならば、諸君は山中に散在する小部落バスクに逢着《ほうちゃく》するのである。この珍奇なる部落は、人種、風俗、言語に於て西欧の全人種に隔絶し、実に地球の半廻転を試みてのち、極東じゃぽん国にいたって初めて著しき類似を見出すのである。これ余の研究完成することなくしては、地球の怪談として深く諸氏の心胆を寒からしめたに相違ない。而して諸君安んぜよ、余の研究は完成し、世界平和に偉大なる貢献を与えたのである。見給え、源義経は成吉思汗となったのである。成吉思汗は欧州を侵略し、西班牙に至ってその消息を失うたのである。然り、義経及びその一党はピレネエ山中最も気候の温順なる所に老後の隠栖《いんせい》を卜《ぼく》したのである。之即ちバスク開闢《かいびゃく》の歴史である。しかるに嗚乎、かの無礼なる蛸博士は不遜千万にも余の偉大なる業績に異論を説えたのである。彼は曰く、蒙古の欧州侵略は成吉思汗の後継者太宗の事蹟にかかり、成吉思汗の死後十年の後に当る、と。実に何たる愚論浅識であろうか。

失われたる歴史に於て、単なる十年が何である乎！　実にこれ歴史の幽玄《ゆうげん》を冒涜するも甚だしいではないか。

さて諸君、彼の悪徳を列挙するは余の甚だ不本意とするところである。なんとなれば、その犯行は奇想天外にして識者の常識を肯《がえ》んぜしめず、むしろ余に対して誣告の誹を発せしむる憾《うら》みあるからである。たとえば諸君、頃日《けいじつ》余の戸口に Banana の皮を撒布《さんぶ》し余の殺害を企てたのも彼の方寸《ほうすん》に相違ない。愉快にも余は臀部《でんぶ》及び肩胛骨《けんこうこつ》に軽微なる打撲傷を受けしのみにて脳震盪《のうしんとう》の被害を蒙るにはいたらなかったのであるが、余の告訴に対し世人は挙げて余を罵倒したのである。諸君はよく余の悲しみを計りうるであろう乎。

賢明にして正大なること太平洋の如き諸君よ、諸君はこの悲痛なる椿事《ちんじ》をも黙殺するであろう乎。即ち彼は余の妻を寝取ったのである！　而して諸君、再び明敏なること触《しょく》鬚《しゅ》の如き諸君よ。余の妻は麗わしきこと高山植物の如く、実に単なる植物ではなかったのである！　ああ三度冷静なること扇風機の如き諸君よ、かの憎むべき蛸博士は何等の愛なくして余の妻を奪ったのである。何となれば諸君、ああ諸君永遠に蛸なる動物に戦慄せよ、即ち余の妻はバスク生れの女性であった。彼の女は余の研究を助くること、疑いもなく地の塩であったのである。蛸博士はこの点に深く目をつけたのである。ああ、千慮の一失である。然り、千慮の一失である。余は不覚にも、蛸博士の禿頭なる事実を余の妻に教えておかなかったのである。そしてそのために不幸なる彼の女はついに蛸博士に籠絡《ろうらく》せられたのである。

ここに於てか諸君、余は奮然蹶起《けっき》したのである。打倒蛸！　蛸博士を葬れ、然り、膺懲《ようちょう》せよ、憎むべき悪徳漢！　然り然り。故に余は日夜その方策を練ったのである。諸君はすでに、正当なる攻撃は一つとして彼の詭計《きけい》に敵し難い所以《ゆえん》を了解せられたに違いない。而して今や、唯一策を地上に見出すのみである。然り、ただ一策である。故に余は深く決意をかため、鳥打帽《とりうちぼう》に面体を隠してのち、夜陰に乗じて彼の邸宅に忍び入ったのである。長夜にわたって余は、錠前に関する凡《およ》そあらゆる研究書を読破しておいたのである。そのために、余は空気の如く彼の寝室に侵入することが出来たのである。そして諸君、余は何のたわいもなくかの憎むべき鬘《かつら》を余の掌中に収めたのである。諸君、目前に露出する無毛赤色の怪物を認めた時に、余は実に万感胸にせまり、溢れ出る涙を禁じ難かったのである。諸君よ、翌日の夜明けを期して、かの憎むべき蛸はついに蛸自体の正体を遺憾なく暴露するに至るであろう！　余は躍る胸に鬘をひそめて、再び影の如く忍び出たのである。

しかるに諸君、ああ諸君、おお諸君、余は敗北したのである。悪略神の如しとは之か。ああ蛸は曲者の中の曲者である。誰かよく彼の深謀遠慮《しんぼう》を予測しうるであろう乎。翌日彼の禿頭は再び鬘に隠されていたのである。実に諸君、彼は秘かに別の鬘を貯蔵していたのである。余は負けたり矣。刀折れ矢尽きたり矣。余の力を以てして、彼の悪略に及ばざることすでに明白なり矣。諸氏よ、誰人かよく蛸を懲《こら》す勇士なきや。蛸博士を葬れ！　彼を平和なる地上より抹殺せよ！　諸君は正義を愛さざる乎！　ああ止むを得ん次第である。しからば余の方より消え去ることにきめた。ああ悲しいかな。

諸君は偉大なる風博士の遺書を読んで、どんなに深い感動を催されたであろうか？　そしてどんなに劇《はげ》しい怒りを覚えられたであろうか？　僕にはよくお察しすることが出来るのである。偉大なる風博士はかくて自殺したのである。然り、偉大なる風博士は果して死んだのである。極めて不可解な方法によって、そして屍体を残さない方法によって、それが行われたために、一部の人々はこれは怪しいと睨んだのである。ああ僕は大変残念である。それ故僕は、唯一の目撃者として、偉大なる風博士の臨終をつぶさに述べたいと思うのである。

偉大なる博士は甚だ周章《あわ》て者であったのである。たとえば今、部屋の西南端に当る長椅子に腰懸《か》けて一冊の書に読み耽っていると仮定するのである。次の瞬間に、偉大なる博士は東北端の肱掛椅子に埋もれて、実にあわただしく頁をくっているのである。又偉大なる博士は水を呑む場合に、突如コップを呑み込んでいるのである。諸君はその時、実にあわただしい後悔と一緒に黄昏に似た沈黙がこの書斎に閉じ籠もるのを認められるに相違ない。順《したが》って、このあわただしい風潮は、この部屋にある全ての物質を感化せしめずにはおかなかったのである。たとえば、時計はいそがしく十三時を打ち、礼節正しい来客がもじもじして腰を下そうとしない時に椅子は劇しい癇癪《かんしゃく》を鳴らし、物体の描く陰影は突如太陽に向って走り出すのである。全てこれらの狼狽は極めて直線的な突風を描いて交錯する為に、部屋の中には何本もの飛ぶ矢に似た真空が閃光を散らして騒いでいる習慣であった。時には部屋の中央に一陣の竜巻が彼自身も亦《また》周章てふためいて湧き起ることもあったのである。その刹那偉大なる博士は屡々《しばしば》この竜巻に巻きこまれて、拳を振りながら忙しく宙返りを打つのであった。

さて、事件の起った日は、丁度偉大なる博士の結婚式に相当していた。花嫁は当年十七歳の大変美しい少女であった。偉大なる博士が彼の女に目をつけたのは流石に偉大なる見識といわねばならない。何となればこの少女は、街頭に立って花を売りながら、三日というもの一本の花も売れなかったにかかわらず、主として雲を眺め、時たまネオンサインを眺めたにすぎぬほど悲劇に対して無邪気であった。偉大なる博士ならびに偉大なる博士等の描く旋風に対照して、これ程ふさわしい少女は稀にしか見当らないのである。僕はこの幸福な結婚式を祝福して牧師の役をつとめ、同時に食卓給仕人となる約束であった。僕は僕の書斎に祭壇をつくり花嫁と向き合せに端坐して偉大なる博士の来場を待ち構えていたのである。そのうちに夜が明け放たれたのである。流石に花嫁は驚くような軽率はしなかったけれど、僕は内心穏かではなかったのである。もしも偉大なる博士は間違えて外の人に結婚を申し込んでいるのかも知れない。そしてその時どんな恥をかいて、地球一面にあわただしい旋風を巻き起すかも知れないのである。僕は花嫁に理由を述べ、自動車をいそがせて恩師の書斎へ駆けつけた。そして僕は深く安心したのである。その時偉大なる博士は西南端の長椅子に埋もれて、飽くことなく一書を貪り読んでいた。そして、今、東北端の肱掛椅子から移転したばかりに相違ない証拠には、一陣の突風が東北から西南にかけて目に沁み渡る多くの矢を描きながら走っていたのである。

「先生約束の時間がすぎました」

僕はなるべく偉大なる博士を脅かさないように、特に静粛なポオズをとって口上を述べたのであるが、結果に於てそれは偉大なる博士を脅かすに充分であった。なぜなら偉大なる博士は色は褪せていたけれど燕尾服《えんびふく》を身にまとい、そのうえ膝頭にはシルクハットを載せて、大変立派なチューリップを胸のボタンにはさんでいたからである。つまり偉大なる博士は深く結婚式を期待し、同時に深く結婚式を失念したに相違ない色々の条件を明示していた。

「POPOPO！」

偉大なる博士はシルクハットを被り直したのである。そして数秒の間疑わしげに僕の顔を凝視《みつ》めていたが、やがて失念していたものをありありと思い出した深い感動が表れたのであった。

「TATATATAH！」

已《すで》にその瞬間、僕は鋭い叫び声をきいたのみで、偉大なる博士の姿は蹴飛ばされた扉の向う側に見失っていた。僕はびっくりして追跡したのである。そして奇蹟の起ったのは即ち丁度この瞬間であった。偉大なる博士の姿は突然消え失せたのである。

諸君、開いた形跡のない戸口から、人間は絶対に出入しがたいものである。順って偉大なる博士は外へ出なかったに相違ないのである。そして偉大なる博士は邸宅の内部にも居なかったのである。僕は階段の途中に凝縮して、まだ響き残っているその慌しい跫音を耳にしながら、ただ一陣の突風が階段の下に舞い狂うのを見たのみであった。

諸君、偉大なる博士は風となったのである。果して風となったか？　然《しか》り、風となったのである。何となればその姿が消え失せたではないか。姿見えざるは之即ち風である乎？　然り、之即ち風である。何となれば姿が見えないではない乎。これ風以外の何物でもあり得ない。風である。然り風である風である風である。諸氏は尚、この明白なる事実を疑るのであろうか？　それは大変残念である。それでは僕は、さらに動かすべからざる科学的根拠を附け加えよう。この日、かの憎むべき蛸博士は、恰《あたか》もこの同じ瞬間に於て、インフルエンザに犯されたのである。

流感記

梅崎春生

とうとう流感《りゅうかん》にとっつかまってしまった。

今度の流感はたちが悪く、熱が一週間も続くという噂だったので、私はおそれをなして極度の警戒、外出もあまりせず、うがいもおこたりなく、暇さえあれば蒲団《ふとん》にもぐり込んでいたのに、とうとうやられてしまった。十一月二十七日（昭和三十二年）のことだ。

私は他人にくらべて、仕事の量はすくない方だが、週刊誌の連載を一本持っているので、一週間も寝込めば、たちまち休載の羽目になる。それにその時は「新潮」新年号の小説の〆切りも控えていた。

朝ぞくぞくするから、熱をはかってみると、七度四分ある。これはたいへんだと、直ちに風邪薬を服用、蒲団にもぐり込んだ。それから刻々上って、午後には八度五分まで上った。その頃「新潮」編集部の田辺君から電話がかかって来た。原稿の催促である。

家人が出て、熱が八度五分もある旨を伝えると、あと三日間でどうしても一篇仕立てろ、との答えだったそうだ。つまり田辺君は私の病気を、にせ病気だと疑っているのである。

何故彼が疑うか。それにはわけがある。一週間ほど前、私は彼に冗談を言った。十一月二十七日の文春祭に行くつもりだが、きっとそこの人混みで風邪がうつり、翌日から寝込んで、お宅の仕事は出来なくなるかも知れないよ。冗談じゃないですよ、と田辺君はにがい顔をした。

二十八日から寝込む予定だったのが、一日繰り上って、二十七日にかかったばかりに、私は文春祭に行きそこなった。

翌二十八日の朝は、養生よろしきを得たか、七度二分まで下り、午後になっても七度五分どまりであった。そこへ田辺君が足音も荒くやって来た。そこで病室に通ってもらった。

ちゃんとした病人であるから、枕もとには薬袋や薬瓶、体温計、水差しにコップ、うがい薬など、七つ道具が置いてある。一目見れば、これは単なるふて寝でなく、病臥《びょうが》であることが判るようにしてあるから、田辺君はがっかりしたような声を出した。

「ほんとに風邪ひいたんですか」

「ほんとだよ」

私は努めて弱々しい、かすれ声を出した。

「見れば判るだろ」

「熱は？」

「うん。熱は八度七分ぐらいある」

七度五分などと本当のことを言えば、たちまち起きて書くことを強要されるにきまっているから、とっさの機転で一度二分ばかりさばを読んだ。

「そうですか。八度七分もあるんですか」

田辺君は信用した様子である。

「氷枕をしたらどうです？」

「うん。九度台まで上れば、氷枕を使うつもりだよ。八度台で使うと、くせになる」

「探偵小説なんか読んでですか？」

枕もとに積み重ねた探偵小説に、彼は眼をとめた。

「うん。読もうと思ったんだが、熱のせいかどうしても頭に入らない」

なに、田辺君が来るまで、せっせと読みふけっていたのであるがそんなことはおくびにも出さない。おれは八度七分もあるんだぞと、自分に言い聞かせながら、かなしげな声を出す。

「詰碁《つめご》の本もひろげたが、やはり八度七分じゃだめだ」

「そりゃそうでしょう」

「碁の話で思い出したが、尾崎一雄二段を二目に打ち込んだ話をしたかね？」

「え？　二目に打ち込んだんですか？」

「そうだよ。環翠《かんすい》で打ち込んだんだ。打ち込んで二子局の成績は、三勝三敗で打ち分けさ。まあ順当なところだろうな」

「それはお気の毒に。あんまり弱い者いじめはしない方がいいですよ」

「うん。弱いものいじめはしたくないが、そうそうサービスばかりもしておれないからな」

「大岡昇平さんとはどうですか」

「うん。あれもそのうち先に打ち込んでやるつもりだ」

そんな具合に碁の雑談などして、

「ではお大事に」

と田辺君は帰って行った。原稿はあきらめたらしい風であった。

以上までは平凡な日記であるが、ここからがたいへんなことになる。

田辺君が帰って直ぐ、何気なく体温計をつまみ上げ、脇の下にはさんで、五分間経って取出して見て、私はあっと叫んだ。水銀が八度七分を指していたのである。

「わぁ。たいへんだ」

と私は大狼狽したが、その八度七分の熱は、一時間ほど経つと、また元の七度五分に戻ったのは不思議である。

思うに、田辺君との対話中、おれは八度七分あるんだぞ、八度七分もあるんだぞと、心中きりきりと念じていたものだから、身体がそれに感応して、あるいは義理を立てて、たちまち八度七分まで上ったに違いない。念ずるのをやめたら、たちまち元に戻ったことでも、それが判る。

これで田辺君にうそをつかなかったことになり、良心の呵責《かしやく》を受けずにすむことにもなる。両方おめでたい。

以上、人間思い込んだら、どうにでもなれるという、お粗末の一席。

蠅

横光利一

一

真夏の宿場は空虚であった。ただ眼の大きな一疋《ぴき》の蠅《はえ》だけは、薄暗い厩《うまや》の隅の蜘蛛の巣にひっかかると、後肢で網を跳ねつつ暫《しばら》くぶらぶらと揺れていた。と、豆のようにぼたりと落ちた。そうして、馬糞の重みに斜めに突き立っている藁の端から、裸体にされた馬の背中まで這い上った。

二

馬は一条の枯草を奥歯にひっ掛けたまま、猫背の老いた馭者《ぎょしゃ》の姿を捜している。

馭者は宿場の横の饅頭屋の店頭《みせさき》で、将棋を三番さして負け通した。

「何に？　文句をいうな。もう一番じゃ」

すると、廂《ひさし》を脱《はず》れた日の光は、彼の腰から、円い荷物のような猫背の上へ乗りかかって来た。

三

宿場の空虚な場庭へ一人の農婦が馳《か》けつけた。彼女はこの朝早く、街に務めている息子から危篤《きとく》の電報を受けとった。それから露に湿った三里の山路を馳け続けた。

「馬車はまだかのう？」

彼女は馭者部屋を覗いて呼んだが返事がない。

「馬車はまだかのう？」

歪んだ畳の上には湯飲みが一つ転っていて、中から酒色の番茶がひとり静に流れていた。農婦はうろうろと場庭を廻ると、饅頭屋の横からまた呼んだ。

「馬車はまだかの？」

「先刻出ましたぞ」

答えたのはその家の主婦である。

「出たかのう。馬車はもう出ましたかのう。いつ出ましたな。もうちと早よ来ると良かったのじゃが、もう出ぬじゃろか？」

農婦は性急な泣き声でそういう中に、早や泣き出した。が、涙も拭かず、往還の中央に突き立っていてから、街の方へすたすたと歩き始めた。

「二番が出るぞ」

猫背の馭者は将棋盤を見詰めたまま農婦にいった。農婦は歩みを停めると、くるりと向き返ってその淡い眉毛を吊り上げた。

「出るかの。直ぐ出るかの。悴《せがれ》が死にかけておるのじゃが、間に合わせておくれかの？」

「桂馬と来たな」

「まアまア嬉しや。街までどれほどかかるじゃろ。いつ出しておくれるのう」

「二番が出るわい」と馭者はぽんと歩《ふ》を打った。

「出ますかな、街までは三時間もかかりますかな。三時間はたっぷりかかりますやろ。悴が死にかけていますのじゃ、間に合せておくれかのう?」

四

野末の陽炎の中から、種蓮華《たねれんげ》を叩く音が聞えて来る。若者と娘は宿場の方へ急いで行った。娘は若者の肩の荷物へ手をかけた。

「持とう」

「何アに」

「重たかろうが」

若者は黙っていかにも軽そうな容子《ようす》を見せた。が、額から流れる汗は塩辛かった。

「馬車はもう出たかしら」と娘は呟いた。

若者は荷物の下から、眼を細めて太陽を眺めると、

「ちょっと暑うなったな、まだじゃろう」

二人は黙ってしまった。牛の鳴き声がした。

「知れたらどうしよう」と娘はいうとちょっと泣きそうな顔をした。

種蓮華を叩く音だけが、幽《かす》かに足音のように追って来る。娘は後を向いて見て、それから若者の肩の荷物にまた手をかけた。

「私が持とう。もう肩が直ったえ」

若者はやはり黙ってどしどしと歩き続けた。が、突然、「知れたらまた逃げるだけじゃ」と呟いた。

五

宿場の場庭へ、母親に手を曳かれた男の子が指を銜えて這入《はい》って来た。

「お母ア、馬々」

「ああ、馬々」男の子は母親から手を振り切ると、厩の方へ馳けて来た。そうして二間ほど離れた場庭の中から馬を見ながら、「こりゃッ、こりゃッ」と叫んで片足で地を打った。

馬は首を擡《もた》げて耳を立てた。男の子は馬の真似をして首を上げたが、耳が動かなかった。で、ただやたらに馬の前で顔を顰《しか》めると、再び、「こりゃッ、こりゃッ」と叫んで地を打った。

馬は槽《おけ》の手蔓に口をひっ掛けながら、またその中へ顔を隠して馬草を食った。

「お母ア、馬々」

「ああ、馬々」

六

「おっと、待てよ。これは悴の下駄を買うのを忘れたぞ。あ奴《いつ》は西瓜《すいか》が好きじゃ。西瓜を買うと、俺もあ奴も好きじゃで両得じゃ」

田舎紳士は宿場へ着いた。彼は四十三になる。四十三年貧困と戦い続けた効《かい》あって、昨夜漸く春蚕《はるご》の仲買で八百円を手に入れた。今彼の胸は未来の画策のために詰っている。けれども、昨夜銭湯へ行ったとき、八百円の札束を鞄に入れて、洗い場まで持って這入って笑われた記憶については忘れていた。

農婦は場庭の床几《しょうぎ》から立ち上ると、彼の傍へよって来た。

「馬車はいつ出るのでござんしょうな。悴が死にかかっていますので、早よ街へ行かんと死に目に逢えまい思いましてな」

「そりゃいかん」

「もう出るのでござんしょうな、もう出るって、さっきいわしゃったがの」

「さアて、何しておるやらな」

若者と娘は場庭の中へ入ってきた。農婦はまた二人の傍へ近寄った。

「馬車に乗りなさるのかな。馬車は出ませんぞな」

「出ませんか？」と若者は訊き返した。

「出ませんの？」と娘はいった。

「もう二時間も待っていますのやが、出ませんぞな。街まで三時間かかりますやろ。もう何時になっていますかな。街へ着くと正午《ひる》になりますやろか」

「そりゃ正午や」と田舎紳士は横からいった。農婦はくるりと彼の方をまた向いて、

「正午になりますかいな。それまでにゃ死にますやろな。正午になりますかいな」

という中にまた泣き出した。が、直《す》ぐ饅頭屋の店頭へ馳けて行った。

「まだかのう。馬車はまだなかなか出ぬじゃろか？」

猫背の馭者は将棋盤を枕にして仰向きになったまま、簀《す》の子《こ》を洗っている饅頭《まんじゆう》屋の主

婦の方へ頭を向けた。

「饅頭はまだ蒸さらんかいのう?」

七

馬車は何時になったら出るのであろう。宿場に集った人々の汗は乾いた。しかし、馬車は何時になったら出るのであろう。これは誰も知らない。だが、もし知り得ることの出来るものがあったとすれば、それは饅頭屋の竈《かまど》の中で、漸く脹れ始めた饅頭であった。何ぜかといえば、この宿場の猫背の馭者は、まだその日、誰も手をつけない蒸し立ての饅頭に初手をつけるということが、それほどの潔癖から長い年月の間、独身で暮さねばならなかったという彼のその日その日の、最高の慰めとなっていたのであったから。

八

宿場の柱時計が十時を打った。饅頭屋の竈は湯気を立てて鳴り出した。

ザク、ザク、ザク。猫背の馭者は馬草を切った。馬は猫背の横で、水を充分飲み溜めた。ザク、ザク、ザク。

九

馬は馬車の車体に結ばれた。農婦は真先に車体の中へ乗り込むと街の方を見続けた。

「乗っとくれやア」と猫背はいった。

五人の乗客は、傾く踏み段に気をつけて農婦の傍へ乗り始めた。

猫背の馭者は、饅頭屋の簀の子の上で、綿のように脹らんでいる饅頭を腹掛けの中へ押し込むと馭者台の上にその背を曲げた。喇叭《らっぱ》が鳴った。鞭が鳴った。

眼の大きなかの一疋の蠅は馬の腰の余肉《あまじし》の匂いの中から飛び立った。そうして、車体の屋根の上にとまり直ると、今さきに、漸く蜘蛛の網からその生命をとり戻した身体を休めて、馬車と一緒に揺れていった。

馬車は炎天の下を走り通した。そうして並木をぬけ、長く続いた小豆畑の横を通り、亜麻畑と桑畑の間を揺れつつ森の中へ割り込むと、緑色の森は、漸く溜った馬の額の汗に映って逆さまに揺らめいた。

十

馬車の中では、田舎紳士の饒舌が、早くも人々を五年以来の知己《ちき》にした。しかし、男の子はひとり車体の柱を握って、その生々した眼で野の中を見続けた。

「お母ア、梨々」

「ああ、梨々」

馭者台では鞭が動き停った。農婦は田舎紳士の帯の鎖に眼をつけた。

「もう幾時ですかいな。十二時は過ぎましたかいな。街へ着くと正午過ぎになりますやろな」

馭者台では喇叭が鳴らなくなった。そうして、腹掛けの饅頭を、今や尽《ことごと》く胃の腑《ふ》の中へ落し込んでしまった馭者は、一層猫背を張らせて居眠り出した。その居眠りは、馬車の上から、かの眼の大きな蠅が押し黙った数段の梨畑を眺め、真夏の太陽の光りを受けて真赤に栄えた赤土の断崖を仰ぎ、突然に現れた激流を見下して、そうして、馬車が高い崖路《がけみち》の高低でかたかたときしみ出す音を聞いてもまだ続いた。しかし、乗客の中で、その馭者の居眠りを知っていた者は、僅かにただ蠅一疋であるらしかった。蠅は車体の屋根の上から、馭者の垂れ下った半白の頭に飛び移り、それから、濡れた馬の背中に留って汗を舐めた。

馬車は崖の頂上へさしかかった。馬は前方に現れた眼匿《かく》しの中の路に従って柔順に曲り始めた。しかし、そのとき、彼は自分の胴と、車体の幅とを考えることは出来なかった。一つの車輪が路から外れた。突然、馬は車体に引かれて突き立った。瞬間、蠅は飛び上った。と、車体と一緒に崖の下へ墜落して行く放埓《ほうらつ》な馬の腹が眼についた。そうして、人馬の悲鳴が高く一声発せられると、河原の上では、圧し重なった人と馬と板片との塊《かたま》りが、沈黙したまま動かなかった。が、眼の大きな蠅は、今や完全に休まったその羽根に力を籠めて、ただひとり、悠々と青空の中を飛んでいった。

桃太郎

芥川龍之介

一

むかし、むかし、大むかし、ある深い山の奥に大きい桃の木が一本あった。大きいとだけではいい足りないかも知れない。この桃の枝は雲の上にひろがり、この桃の根は大地の底の黄泉の国にさえ及んでいた。何でも天地開闢《かいびゃく》の頃おい、伊弉諾《いざなぎ》の尊《みこと》は黄最津平《よもつひら》阪《さか》に八つの雷《いかづち》を却《しりぞ》けるため、桃の実を礫《つぶて》に打ったという、――その神代の桃の実はこの木の枝になっていたのである。

この木は世界の夜明以来、一万年に一度花を開き、一万年に一度実をつけていた。花は真紅の衣蓋《きぬがさ》に黄金の流蘇《ふさ》を垂らしたようである。実は——実もまた大きいのはいうを待たない。が、それよりも不思議なのはその実は核のあるところに美しい赤児を一人ずつ、おのずから孕《はら》んでいたことである。

むかし、むかし、大むかし、この木は山谷を掩《おお》った枝に、累々と実を綴《つづ》ったまま、静かに日の光りに浴していた。一万年に一度結んだ実は一千年の間は地へ落ちない。しかしある寂しい朝、運命は一羽の八咫鴉《やたがらす》になり、さっとその枝へおろして来た。と思うともう赤みのさした、小さい実を一つ啄《ついば》み落した。実は雲霧の立ち昇る中に遥か下の谷川へ落ちた。谷川は勿論《もちろん》峯々の間に白い水煙をなびかせながら、人間のいる国へ流れていたのである。

この赤児を孕んだ実は深い山の奥を離れた後、どういう人の手に拾われたか？——それはいまさら話すまでもあるまい。谷川の末にはお婆さんが一人、日本中の子供の知っている通り、柴刈りに行ったお爺さんの着物か何かを洗っていたのである。……

二

桃から生れた桃太郎は鬼が島の征伐《せいばつ》を思い立った。思い立った訣《わけ》はなぜかというと、彼はお爺さんやお婆さんのように、山だの川だの畑だのへ仕事に出るのがいやだったせいである。その話を聞いた老人夫婦は内心この腕白《わんぱく》ものに愛想をつかしていた時だったから、一刻も早く追い出したさに旗とか太刀とか陣羽織《じんばおり》とか、出陣の支度に入用のものは云うなり次第に持たせることにした。のみならず途中の兵糧《ひょうろう》には、これも桃太郎の註文《ちゅうもん》通り、黍団子《きびだんご》さえこしらえてやったのである。

桃太郎は意気揚々と鬼が島征伐の途に上った。すると大きい野良犬が一匹、饑《う》えた眼を光らせながら、こう桃太郎へ声をかけた。

「桃太郎さん。桃太郎さん。お腰に下げたのは何でございます？」

「これは日本一の黍団子だ」

桃太郎は得意そうに返事をした。勿論実際は日本一かどうか、そんなことは彼にも怪しかったのである。けれども犬は黍団子と聞くと、たちまち彼の側へ歩み寄った。

「一つ下さい。お伴しましょう」

桃太郎は咄嗟《とっさ》に算盤《そろばん》を取った。

「一つはやられぬ。半分やろう」

犬はしばらく強情に、「一つ下さい」を繰り返した。しかし桃太郎は何といっても「半分やろう」を撤回しない。こうなればあらゆる商売のように、所詮持たぬものは持ったものの意志に服従するばかりである。犬もとうとう嘆息しながら、黍団子を半分貰う代りに、桃太郎の伴をすることになった。

桃太郎はその後犬のほかにも、やはり黍団子の半分を餌食に、猿や雉を家来にした。しかし彼等は残念ながら、あまり仲の好い間がらではない。丈夫な牙を持った犬は意気地のない猿を莫迦《ばか》にする。黍団子の勘定に素早い猿はもっともらしい雉を莫迦にする。地震学などにも通じた雉は頭の鈍い犬を莫迦にする。――こういういがみ合いを続けていたから、桃太郎は彼等を家来にした後も、一通り骨の折れることではなかった。

その上猿は腹が張ると、たちまち不服を唱え出した。どうも黍団子の半分くらいでは、鬼が島征伐の伴をするのも考え物だといい出したのである。すると犬は吠えたけりながら、いきなり猿を噛み殺そうとした。もし雉がとめなかったとすれば、猿は蟹の仇打ちを待たず、この時もう死んでいたかも知れない。しかし雉は犬をなだめながら猿に主従の道徳を教え、桃太郎の命に従えと云った。それでも猿は路ばたの木の上に犬の襲撃を避けた後だったから、容易に雉の言葉を聞き入れなかった。その猿をとうとう得心させたのは確かに桃太郎の手腕である。桃太郎は猿を見上げたまま、日の丸の扇を使い使いわざと冷かにいい放した。

「よしよし、では伴をするな。その代り鬼が島を征伐しても宝物は一つも分けてやらないぞ」

欲の深い猿は円い眼をした。

「宝物？　へええ、鬼が島には宝物があるのですか？」

「あるどころではない。何でも好きなものの振り出せる打出の小槌という宝物さえある」

「ではその打出の小槌から、幾つもまた打出の小槌を振り出せば、一度に何でも手にはいる訣ですね。それは耳よりな話です。どうかわたしもつれて行って下さい」

桃太郎はもう一度彼等を伴に、鬼が島征伐の途を急いだ。

三

鬼が島は絶海の孤島だった。が、世間の思っているように岩山ばかりだった訣《わけ》ではない。実は椰子《やし》の聳えたり、極楽鳥の囀《さえず》ったりする、美しい天然の楽土だった。こういう楽土に生を享けた鬼は勿論平和を愛していた。いや、鬼というものは元来我々人間よりも享楽的に出来上った種族らしい。瘤《こぶ》取りの話に出て来る鬼は一晩中踊りを踊っている。一寸法師の話に出てくる鬼も一身の危険を顧みず、物詣での姫君に見とれていたらしい。なるほど大江山の酒顛童子《しゆてんどうじ》や羅生門の茨木童子《いばらぎどうじ》は稀代の悪人のように思われている。しかし茨木童子などは我々の銀座を愛するように朱雀大路を愛する余り、時々そっと羅生門へ姿を露わしたのではないであろうか？　酒顛童子も大江山の岩屋に酒ばかり飲んでいたのは確かである。その女人を奪って行ったというのは――真偽はしばらく問わないにもしろ、女人自身のいう所に過ぎない。女人自身のいう所をことごとく真実と認めるのは、――わたしはこの二十年来、こういう疑問を抱いている。あの頼光や四天王はいずれも多少気違いじみた女性崇拝家ではなかったであろうか？

鬼は熱帯的風景の中に琴《こと》を弾いたり踊りを踊ったり、古代の詩人の詩を歌ったり、頗《すこぶ》る安穏に暮らしていた。そのまた鬼の妻や娘も機を織ったり、酒を醸《かも》したり、蘭の花束を拵えたり、我々人間の妻や娘と少しも変らずに暮らしていた。殊にもう髪の白い、牙の脱けた鬼の母はいつも孫の守りをしながら、我々人間の恐ろしさを話して聞かせなどしていたものである。——

「お前たちも悪戯をすると、人間の島へやってしまうよ。人間の島へやられた鬼はあの昔の酒顛童子のように、きっと殺されてしまうのだからね。え、人間というものかい？　人間というものは角の生えない、生白い顔や手足をした、何ともいわれず気味の悪いものだよ。おまけにまた人間の女と来た日には、その生白い顔や手足へ一面に鉛の粉をなすっているのだよ。それだけならばまだ好いのだがね。男でも女でも同じように、譃《うそ》はいうし、欲は深いし、焼餅は焼くし、己惚は強いし、仲間同志殺し合うし、火はつけるし、泥棒はするし、手のつけようのない毛だものなのだよ……」

四

桃太郎はこういう罪のない鬼に建国以来の恐ろしさを与えた。鬼は金棒を忘れたなり、「人間が来たぞ」と叫びながら、亭々と聳えた椰子の間を右往左往に逃げ惑った。

「進め！　進め！　鬼という鬼は見つけ次第、一匹も残らず殺してしまえ！」

桃太郎は桃の旗を片手に、日の丸の扇を打ち振り打ち振り、犬猿雉の三匹に号令した。

犬猿雉の三匹は仲の好い家来ではなかったかも知れない。が、饑《う》えた動物ほど、忠勇無双の兵卒の資格を具《そな》えているものはないはずである。彼等は皆あらしのように、逃げまわる鬼を追いまわした。犬はただ一噛みに鬼の若者を噛み殺した。雉も鋭い嘴《くちばし》に鬼の子供を突き殺した。猿も——猿は我々人間と親類同志の間がらだけに、鬼の娘を絞殺《しめころ》す前に、必ず凌辱を恣《ほしいまま》にした。……

あらゆる罪悪の行われた後、とうとう鬼の酋長《しゅうちょう》は、命をとりとめた数人の鬼と、桃太郎の前に降参した。桃太郎の得意は思うべしである。鬼が島はもう昨日のように、極楽鳥の囀《さえず》る楽土ではない。椰子の林は至るところに鬼の死骸を撒き散らしている。桃太郎はやはり旗を片手に、三匹の家来を従えたまま、平蜘蛛《ひらぐも》のようになった鬼の酋長へ厳《おごそ》かにこういい渡した。

「では格別の憐愍《れんびん》により、貴様たちの命は赦《ゆる》してやる。その代りに鬼が島の宝物は一つも残らず献上するのだぞ」

「はい、献上致します」

「なおそのほかに貴様の子供を人質のためにさし出すのだぞ」

「それも承知致しました」

鬼の酋長はもう一度額を土へすりつけた後、恐る恐る桃太郎へ質問した。

「わたくしどもはあなた様に何か無礼でも致したため、御征伐を受けたことと存じて居ります。しかし実はわたくしを始め、鬼が島の鬼はあなた様にどういう無礼を致したのやら、とんと合点が参りませぬ。ついてはその無礼の次第をお明し下さる訣には参りますまいか？」

桃太郎は悠然と頷いた。

「日本一の桃太郎は犬猿雉の三匹の忠義者を召し抱えた故、鬼が島へ征伐に来たのだ」

「ではそのお三かたをお召し抱えなすったのはどういう訣でございますか？」

「それはもとより鬼が島を征伐したいと志した故、黍団子をやっても召し抱えたのだ。――どうだ？　これでもまだわからないといえば、貴様たちも皆殺してしまうぞ」

鬼の酋長は驚いたように、三尺ほど後へ飛び下ると、いよいよまた丁寧にお時儀をした。

五

日本一の桃太郎は犬猿雉の三匹と、人質に取った鬼の子供に宝物の車を引かせながら、得々と故郷へ凱旋《がいせん》した。――これだけはもう日本中の子供のとうに知っている話である。しかし桃太郎は必ずしも幸福に一生を送った訣ではない。鬼の子供は一人前になると番人の雉を噛み殺した上、たちまち鬼が島へ逐電《ちくでん》した。のみならず鬼が島に生き残った鬼は時々海を渡って来ては、桃太郎の屋形へ火をつけたり、桃太郎の寝首をかこうとした。何でも猿の殺されたのは人違いだったらしいという噂である。桃太郎はこういう重ね重ねの不幸に嘆息を洩らさずにはいられなかった。

「どうも鬼というものの執念の深いのには困ったものだ」

「やっと命を助けて頂いた御主人の大恩さえ忘れるとは怪しからぬ奴等でございます」

犬も桃太郎の渋面を見ると、口惜しそうにいつも唸ったものである。

その間も寂しい鬼が島の磯《いそ》には、美しい熱帯の月明りを浴びた鬼の若者が五六人、鬼が島の独立を計画するため、椰子の実に爆弾を仕こんでいた。優しい鬼の娘たちに恋をすることさえ忘れたのか、黙々と、しかし嬉しそうに茶碗ほどの目の玉を赫《かがや》かせながら。……

六

人間の知らない山の奥に雲霧《くもきり》を破った桃の木は今日もなお昔のように、累々と無数の実をつけている。勿論桃太郎を孕んでいた実だけはとうに谷川を流れ去ってしまった。しかし未来の天才はまだそれらの実の中に何人とも知らず眠っている。あの大きい八咫鴉は今度はいつこの木の梢へもう一度姿を露わすであろう？　ああ、未来の天才はまだそれらの実の中に何人とも知らず眠っている。……

芋粥

芥川龍之介

元慶の末か、仁和《にんな》の始《はじめ》にあった話であろう。どちらにしても時代はさして、この話に大事な役を、勤めていない。読者は唯《ただ》、平安朝と云う、遠い昔が背景になっていると云う事を、知ってさえいてくれれば、よいのである。――その頃、摂政《せっしょう》藤原基経《もとつね》に仕えている侍の中に、某《なにがし》と云う五位《ごい》があった。

これも、某と書かずに、何の誰と、ちゃんと姓名を明《あきらか》にしたいのであるが、生憎《あいにく》旧記には、それが伝わっていない。恐らくは、実際、伝わる資格がない程、平凡な男だったのであろう。一体旧記の著者などと云う者は、平凡な人間や話に、余り興味を持たなかったらしい。この点で、彼等と、日本の自然派の作家とは、大分ちがう。王朝時代の小説家は、存外、閑人《ひまじん》でない。——兎に角、摂政藤原基経に仕えている侍の中に、某と云う五位があった。これが、この話の主人公である。

五位は、風采の甚《はなはだ》揚らない男であった。第一背が低い。それから赤鼻で、眼尻が下っている。口髭は勿論薄い。頬が、こけているから、頤《あご》が、人並はずれて、細く見える。唇は——一々、数え立てていれば、際限はない。我五位の外貌《がいぼう》はそれ程、非凡に、だらしなく、出来上っていたのである。

この男が、何時、どうして、基経に仕えるようになったのか、それは誰も知っていない。が、余程以前から、同じような色の褪《さ》めた水干《すいかん》に、同じような萎々《なえなえ》した烏帽子《えぼし》をかけて、同じような役目を、飽きずに、毎日、繰返している事だけは、確である。その結果であろう、今では、誰が見ても、この男に若い時があったとは思われない。（五位は四十を越していた）その代り、生れた時から、あの通り寒むそうな赤鼻と、形ばかりの口髭とを、朱雀大路《すざくおおじ》の衢風《ちまたかぜ》に、吹かせていたと云う気がする。上は主人の基経から、下は牛飼の童児まで、無意識ながら、悉《ことごと》くそう信じて疑う者がない。

こう云う風采を具《そな》えた男が、周囲から受ける待遇は、恐らく書くまでもないことであろう。侍所にいる連中は、五位に対して、殆ど蠅《はえ》程の注意も払わない。有位無位、併せて二十人に近い下役さえ、彼の出入りには、不思議な位、冷淡を極めている。五位が何か云いつけても、決して彼等同志の雑談をやめた事はない。彼等にとっては、空気の存在が見えないように、五位の存在も、眼を遮《さえぎ》らないのであろう。下役でさえそうだとすれば、別当とか、侍所の司とか云う上役たちが、頭から彼を相手にしないのは、寧《むし》ろ自然の数である。彼等は、五位に対すると、殆ど、子供らしい無意味な悪意を、冷然とした表情の後に隠して、何を云うのでも、手真似《てまね》だけで、用を足した。人間に言語があるのは、偶然ではない。従って、彼等も手真似では用を弁じない事が、時々ある。が、彼等は、それを全然五位の悟性に、欠陥があるからだと、思っているらしい。そこで彼等は用が足りないと、この男の歪んだ揉烏帽子《もみえぼし》の先から、切れかかった藁草履《わらぞうり》の尻まで、万遍なく見上げたり、見下したりして、それから、鼻で哂《わら》いながら、急に後を向いてしまう。それでも、五位は、腹を立てた事がない。彼は、一切の不正を、不正として感じない程、意気地のない、臆病な人間だったのである。

所が、同僚の侍たちになると、進んで、彼を飜弄《ほんろう》しようとした。年かさの同僚が、彼れの振わない風采《ふうさい》を材料にして、古い洒落を聞かせようとする如く、年下の同僚も、亦それを機会にして、所謂興言利口《きょうげんりこう》の練習をしようとしたからである。彼等は、この五位の面前で、その鼻と口髭と、烏帽子と水干とを、品隲《ひんしつ》して飽きる事を知らなかった。それればかりではない。彼が五六年前に別れたうけ唇の女房と、その女房と関係があったと云う酒のみの法師とも、屡《しばしば》彼等の話題になった。その上、どうかすると、彼等は甚、性質の悪い悪戯さえする。それを今一々、列記する事は出来ない。が、彼の篠枝《ささえ》の酒を飲んで、後へ尿を入れて置いたと云う事を書けば、その外は凡《およそ》、想像される事だろうと思う。

しかし、五位はこれらの揶揄《やゆ》に対して、全然無感覚であった。少くもわき眼には、無感覚であるらしく思われた。彼は何を云われても、顔の色さえ変えた事がない。黙って例の薄い口髭を撫でながら、するだけの事をしてすましている。唯、同僚の悪戯が、高じすぎて、髷に紙切れをつけたり、太刀の鞘に草履を結びつけたりすると、彼は笑うのか、泣くのか、わからないような笑顔をして、「いけぬのう、お身たちは」と云う。その顔を見、その声を聞いた者は、誰でも一時或《ある》いじらしさに打たれてしまう。（彼等にいじめられるのは、一人、この赤鼻の五位だけではない、彼等の知らない誰かが――多数の誰かが、彼の顔と声とを借りて、彼等の無情を責めている。）――そう云う気が、朧《おぼろ》げながら、彼等の心に、一瞬の間、しみこんで来るからである。唯その時の心もちを、何時までも持続ける者は甚少い。その少い中の一人に、或無位の侍があった。これは丹波の国から来た男で、まだ柔かい口髭が、やっと鼻の下に、生えかかった位の青年である。勿論、この男も始めは皆と一しょに、何の理由もなく、赤鼻の五位を軽蔑した。所が、或日何かの折に、「いけぬのう、お身たちは」と云う声を聞いてからは、どうしても、それが頭を離れない。それ以来、この男の眼にだけは、五位が全く別人として、映るようになった。栄養の不足した、血色の悪い、間のぬけた五位の顔にも、世間の迫害にべそを掻いた、「人間」が覗いているからである。この無位の侍には、五位の事を考える度に、世の中のすべてが、急に、本来の下等さを露すように思われた。そうしてそれと同時に霜げた赤鼻と数える程の口髭とが、何となく一味の慰安を自分の心に伝えてくれるように思われた。……

しかし、それは、唯この男一人に、限った事である。こう云う例外を除けば、五位は、依然として周囲の軽蔑の中に、犬のような生活を続けて行かなければならなかった。第一彼には着物らしい着物が一つもない。青鈍《あおにび》の水干と、同じ色の指貫《さしぬき》とが一つずつあるのが、今ではそれが上白《うわじろ》んで、藍とも紺とも、つかないような色に、なっている。水干はそれでも、肩が少し落ちて、丸組の緒や菊綴《きくとじ》の色が怪しくなっているだけだが、指貫になると、裾のあたりのいたみ方が、一通りでない。その指貫の中から、下の袴もはかない、細い足が出ているのを見ると、口の悪い同僚でなくとも、瘦公卿《やせくげ》の車を牽《ひ》いている、瘦牛の歩みを見るような、みすぼらしい心もちがする。それに佩《はい》ている太刀も、頗る覚束ない物で、柄の金具も如何はしければ、黒鞘の塗も剥げかかっている。これが例の赤鼻で、だらしなく草履をひきずりながら、唯でさえ猫背なのを、一層寒空の下に背ぐくまって、もの欲しそうに、左右を眺め眺め、きざみ足に歩くのだから、通りがかりの物売りまで莫迦《ばか》にするのも、無理はない。現に、こう云う事さえあった。……

或る日、五位が三条坊門を神泉苑《しんぜんえん》の方へ行く所で、子供が六七人、路ばたに集って、何かしているのを見た事がある。「こまつぶり」でも、廻しているのかと思って、後ろから覗いて見ると、何処かから迷って来た、尨犬《むくいぬ》の首へ縄をつけて、打ったり殴《たた》いたりしているのであった。臆病な五位は、これまで何かに同情を寄せる事があっても、あたりへ気を兼ねて、まだ一度もそれを行為に現わしたことがない。が、この時だけは相手が子供だと云うので、幾分か勇気が出た。そこで出来るだけ、笑顔をつくりながら、年かさらしい子供の肩を叩いて、「もう、堪忍《かんにん》してやりなされ。犬も打たれれば、痛いでのう」と声をかけた。するとその子供はふりかえりながら、上眼を使って、蔑《さげ》すむように、じろじろ五位の姿を見た。云わば侍所の別当が用の通じない時に、この男を見るような顔をして、見たのである。「いらぬ世話はやかれとうもない」その子供は一足下りながら、高慢な唇を反《そ》らせて、こう云った。「何じゃ、この鼻赤めが」五位は、この語が自分の顔を打ったように感じた。が、それは悪態をつかれて、腹が立ったからでは毛頭ない。云わなくともいい事を云って、恥をかいた自分が、情なくなったからである。彼は、きまりが悪いのを苦しい笑顔に隠しながら、黙って、又、神泉苑の方へ歩き出した。後では、子供が、六七人、肩を寄せて、「べっかっこう」をしたり、舌を出したりしている。勿論彼はそんな事を知らない。知っていたにしても、それが、この意気地のない五位にとって、何であろう。……

では、この話の主人公は、唯、軽蔑される為にのみ生れて来た人間で、別に何の希望も持っていないかと云うと、そうでもない。五位は五六年前から芋粥《いもがゆ》と云う物に、異常な執着を持っている。芋粥とは山の芋を中に切込んで、それを甘葛《あまずら》の汁で煮た、粥の事を云うのである。当時はこれが、無上の佳味《かみ》として、上は万乗の君の食膳にさえ、上せられた。従って、吾五位の如き人間の口へは、年に一度、臨時の客の折にしか、はいらない。その時でさえ飲めるのは、僅に喉を沾《うるお》すに足る程の少量である。そこで芋粥を飽きる程飲んで見たいと云う事が、久しい前から、彼の唯一の欲望になっていた。勿論、彼は、それを誰にも話した事がない。いや彼自身さえ、それが、彼の一生を貫いている欲望だとは、明白に意識しなかった事であろう。が事実は、彼がその為に、生きていると云っても、差支ない程であった。――人間は、時として、充《みた》されるか充されないか、わからない欲望の為に、一生を捧げてしまう。その愚を哂う者は、畢竟《ひっきょう》、人生に対する路傍の人に過ぎない。

しかし、五位が夢想していた、「芋粥に飽かむ」事は、存外容易に事実となって、現れた。その始終を書こうと云うのが、芋粥の話の目的なのである。

或年の正月二日、基経の第に、所謂臨時の客があった時の事である。(臨時の客は二宮の大饗《だいきょう》と同日に摂政関白家が、大臣以下の上達部《かんだちめ》を招いて、催す饗宴で、大饗と別に変りがない。)五位も、外の侍たちにまじって、その残肴《ざんこう》の相伴《しょうばん》をした。当時はまだ、取食みの習慣がなくて、残肴は、その家の侍が一堂に集まって、食う事になっていたか

らである。尤も、大饗に等しいと云っても昔の事だから、品数の多い割りに碌な物はない、餅《もち》、伏菟《ふと》、蒸鮑《むしあわび》、干鳥《ほしどり》、宇治《うじ》の氷魚《ひうお》、近江《おうみ》の鮒《ふな》、鯛《たい》の楚割《すわやり》、鮭《さけ》の内子《こごもり》、焼蛸《やきだこ》、大海《おおえ》老《び》、大柑子《おおこうじ》、小柑子《ここうじ》、橘《たちばな》、串柿《くしがき》などの類である。唯、その中に、例の芋粥があった。五位は毎年、この芋粥を楽しみにしている。が、何時も人数が多いので、自分が飲めるのは、いくらもない。それが今年は、特に、少かった。そうして気のせいか、何時もより、余程味が好い。そこで、彼は飲んでしまった後の椀をしげしげと眺めながら、うすい口髭についている滴を、掌で拭いて誰に云うともなく、「何時になったら、これに飽ける事かのう」と、こう云った。

「大夫殿は、芋粥に飽かれた事がないそうな」

五位の語が完らない中に、誰かが、嘲笑った。錆のある、鷹揚な、武人らしい声である。五位は、猫背の首を挙げて、臆病らしく、その人の方を見た。声の主は、その頃、同じ基経の恪勤《かくごん》になっていた、民部卿時長《みんぶきょうときなが》の子藤原利仁《としひと》である。肩幅の広い、身長《みのたけ》の群を抜いた逞しい大男で、これは、煠栗《ゆでぐり》を噛みながら、黒酒《くろき》の杯を重ねていた。もう大分酔がまわっているらしい。

「お気の毒な事じゃ」利仁は、五位が顔を挙げたのを見ると、軽蔑と憐憫《れんびん》とを一つにしたような声で、語を継いだ。「お望みなら、利仁がお飽かせ申そう」

始終、いじめられている犬は、たまに肉を貰っても容易によりつかない。五位は、例の笑うのか、泣くのか、わからないような笑顔をして、利仁の顔と、空の椀とを、等分に見比べていた。

「おいやかな」

「……」

「どうじゃ」

「……」

五位は、その中に、衆人の視線が、自分の上に、集まっているのを感じ出した。答え方一つで、又、一同の嘲弄《ちようろう》を、受けなければならない。或は、どう答えても、結局、莫迦にされそうな気さえする。彼は躊躇した。もし、その時に、相手が、少し面倒臭そうな声で、「おいやなら、たってとは申すまい」と云わなかったなら、五位は、何時までも、椀と利仁とを、見比べていた事であろう。

彼は、それを聞くと、慌しく答えた。

「いや……忝《かたじけの》うござる」

この問答を聞いていた者は、皆、一時に、失笑した。「いや……忝うござる」――こう云って、五位の答を、真似る者さえある。所謂、橙黄橘紅《とうこうきつこう》を盛った窪坏《くぼつき》や高坏《たかつき》の上に、多くの揉烏帽子や立烏帽子が、笑声《わらいごえ》と共に一しきり、波のように動いた。中でも、最、大きな声で、機嫌よく、笑ったのは、利仁自身である。

「では、その中に、御誘い申そう」そう云いながら、彼は、ちょいと顔をしかめた。こみ上げて来る笑と今、飲んだ酒とが、喉で一つになったからである。「……しかと、よろしいな」

「忝うござる」

五位は赤くなって、吃《ども》りながら、又、前の答を繰返した。一同が今度も、笑ったのは、云うまでもない。それが云わせたさに、わざわざ念を押した当の利仁に至っては、前よりも一層可笑しそうに広い肩をゆすって、哄笑《こうしょう》した。この朔北《さくほく》の野人は、生活の方法を二つしか心得ていない。一つは酒を飲む事で、他の一つは笑う事である。

しかし幸に談話の中心は、程なく、この二人を離れてしまった。これは事によると、外の連中が、たとい嘲弄にしろ、一同の注意をこの赤鼻の五位に集中させるのが、不快だったからかも知れない。兎に角、談柄《だんぺい》はそれからそれへと移って、酒も肴も残少になった時分には、某と云う侍学生《さむらいがくしょう》が、行縢《むかばき》の片皮《かたがわ》へ、両足を入れて馬に乗ろうとした話が、一座の興味を集めていた。が、五位だけは、まるで外の話が聞えないらしい。恐らく芋粥の二字が、彼のすべての思量を支配しているからであろう。前に雉子《きぎす》の炙《や》いたのがあっても、箸をつけない。黒酒の杯があっても、口を触れない。彼は、唯、両手を膝の上へ置いて、見合いをする娘のように、霜に犯されかかった鬢《びん》の辺まで、初心《うぶ》らしく上気しながら、何時までも空になった黒塗の椀を見つめて、多愛もなく、微笑しているのである。……

それから、四五日たった日の午前、加茂川の河原に沿って、粟田口《あわたぐち》へ通う街道を、静に馬を進めてゆく二人の男があった。一人は、濃い縹《はなだ》の狩衣《かりぎぬ》に同じ色の袴をして、打出の太刀を佩《は》いた「鬚《ひげ》黒く鬢《びん》ぐきよき」男である。もう一人は、みすぼらしい青鈍の水干に、薄綿の衣を二つばかり重ねて着た、四十恰好の侍で、これは、帯のむすび方のだらしのない容子と云い、赤鼻で、しかも穴のあたりが、洟《はな》にぬれている容子と云い、身の

まわり万端のみすぼらしい事夥《おびただ》しい。尤も、馬は二人とも、前のは月毛《つきげ》、後のは蘆毛《あしげ》の三才駒で、道をゆく物売りや侍も、振向いて見る程の駿足である。その後から又二人、馬の歩みに遅れまいとして随いて行くのは、調度掛と舎人《とねり》とに相違ない。——これが、利仁と五位との一行である事は、わざわざ、ここに断るまでもない話であろう。

冬とは云いながら、物静に晴れた日で、白けた河原の石の間、潺湲《せんかん》たる水の辺《ほとり》に立枯れている蓬《よもぎ》の葉を、ゆする程の風もない。川に臨んだ背の低い柳は、葉のない枝に飴の如く、滑かな日の光りをうけて、梢にいる鶺鴒《せきれい》の尾を動かすのさえ、鮮かにそれと、影を街道に落している。東山の暗い緑の上に、霜に焦げた天鵞絨《びろうど》のような肩を、丸々と出しているのは、大方、比叡の山であろう。二人は、その中に鞍の螺鈿《らでん》を、まばゆく日にきらめかせながら、鞭をも加えず悠々と、粟田口を指して行くのである。

「どこでござるかな、手前をつれて行って、やろうと仰せられるのは」五位が馴れない手に手綱をかいくりながら、云った。

「すぐ、そこじゃ。お案じになる程遠くはない」

「すると、粟田口辺でござるかな」

「まず、そう思われたがよろしかろう」

利仁は今朝五位を誘うのに、東山の近くに湯の湧いている所があるから、そこへ行こうと云って出て来たのである。赤鼻の五位は、それを真にうけた。久しく湯にはいらないので、体中がこの間からむず痒い。芋粥の馳走になった上に、入湯が出来れば、願ってもない仕合せである。こう思って、予め利仁が牽かせて来た、蘆毛の馬に跨った。所が、轡《くつわ》を並べて此処まで来て見ると、どうも利仁はこの近所へ来るつもりではないらしい。現にそうこうしている中に、粟田口は通りすぎた。

「粟田口では、ござらぬのう」

「いかにも、もそっと、あなたでな」

利仁は、微笑を含みながら、わざと、五位の顔を見ないようにして、静に馬を歩ませている。両側の人家は、次第に稀《まれ》になって、今は、広々とした冬田の上に、餌をあさる鴉《からす》が見えるばかり、山の陰に消残って雪の色も、仄《ほのか》に青く煙っている。晴れながら、とげとげしい櫨《はじ》の梢が、眼に痛く空を刺しているのさえ、何となく肌寒い。

「では、山科辺《やましなへん》ででもござるかな」

「山科は、これじゃ。もそっと、さきでござるよ」

成程、そう云う中に、山科も通りすぎた。それ所ではない。何かとする中に、関山も後にして、彼是、午少しすぎた時分には、とうとう三井寺の前へ来た。三井寺には、利仁の懇意にしている僧がある。二人はその僧を訪ねて、午餐《ひるげ》の馳走になった。それがすむと、又、馬に乗って、途を急ぐ。行手は今まで来た路に比べると遙《はるか》に人煙が少ない。殊に当時は盗賊が四方に横行した、物騒な時代である。――五位は猫背を一層低くしながら、利仁の顔を見上げるようにして訊ねた。

「まだ、さきでござるのう」

利仁は微笑した。悪戯をして、それを見つけられそうになった子供が、年長者に向ってするような微笑である。鼻の先へよせた皺と、眼尻にたたえた筋肉のたるみとが、笑ってしまおうか、しまうまいかとためらっているらしい。そうして、とうとう、こう云った。

「実はな、敦賀《つるが》まで、お連れ申そうと思うたのじゃ」笑いながら、利仁は鞭を挙げて遠くの空を指さした。その鞭の下には、的皪《てきれき》として、午後の日を受けた近江の湖が光っている。

五位は、狼狽した。

「敦賀と申すと、あの越前の敦賀でござるかな。あの越前の――」

利仁が、敦賀の人、藤原有仁《ありひと》の女婿《じょせい》になってから、多くは敦賀に住んでいると云う事も、日頃から聞いていない事はない。が、その敦賀まで自分をつれて行く気だろうとは、今の今まで思わなかった。第一、幾多の山河を隔てている越前の国へ、この通り、僅二人の伴人《ともびと》をつれただけで、どうして無事に行かれよう。――五位は歎願《たんがん》するように、利仁の顔を見た。

盗賊の為に殺されたと云う噂さえ、諸方にある。――五位は歎願するように、往来の旅人が、

「それは又、滅相な、東山じゃと心得れば、山科。山科じゃと心得れば、三井寺。揚句が越前の敦賀とは、一体どうしたと云う事でござる。始めから、そう仰せらりょうなら、下人共なりと、召つれようものを。――敦賀とは、滅相な」

五位は、殆どべそを掻かないばかりになって、呟いた。もし「芋粥に飽かむ」事が、彼の勇気を鼓舞しなかったとしたら、彼は恐らく、そこから別れて、京都へ独り帰って来た事であろう。

「利仁が一人居るのは、千人ともお思いなされ。路次の心配は、御無用じゃ」

五位の狼狽するのを見ると、利仁は、少し眉を顰《ひそ》めながら、嘲笑った。そうして調度掛を呼寄せて、持たせて来た壺胡籙《つぼやなぐい》を背に負うと、やはり、その手から、黒漆《こくしつ》の真弓を

うけ取って、それを鞍上《あんじょう》に横えながら、先に立って、馬を進めた。こうなる以上、意気地のない五位は、利仁の意志に盲従するより外に仕方がない。そこで、彼は心細そうに、荒涼とした周囲の原野を眺めながら、うろ覚えの観音経を口の中に念じ念じ、例の赤鼻を鞍の前輪にすりつけるようにして、覚束ない馬の歩みを、不相変《あいかわらず》とぼとぼと進めて行った。

馬蹄《ばてい》の反響する野は、茫々《ぼうぼう》たる黄茅《こうぼう》に蔽《おお》われて、その所々にある行潦《みずたまり》も、つめたく、青空を映したまま、この冬の午後を、何時かそれなり凍ってしまうかと疑われる。その涯には、一帯の山脈が、日に背いているせいか、かがやく可《べ》き残雪の光もなく、紫がかった暗い色を、長々となすっているが、それさえ蕭条《しょうじょう》たる幾叢《いくむら》の枯薄《かれすすき》に遮られて、二人の従者の眼には、はいらない事が多い。――すると、利仁が、突然、五位の方をふりむいて、声をかけた。

「あれに、よい使者が参った。敦賀への言づけを申そう」

五位は利仁の云う意味が、よくわからないので、怖々ながら、その弓で指さす方を、眺めて見た。元より人の姿が見えるような所ではない。唯、野葡萄《のぶどう》か何かの蔓が、灌木《かんぼく》の一むらにからみついている中を、一疋の狐が、暖かな毛の色を、傾きかけた日に曝《さら》しながら、のそりのそり歩いて行く。――と思う中に、狐は、慌ただしく身を跳らせて、一散に、どこともなく走り出した。利仁が急に、鞭を鳴らせて、その方へ馬を飛ばし始めたからである。五位も、われを忘れて、利仁の後を、逐《お》った。従者も勿論、遅れてはいられない。しばらくは、石を蹴る馬蹄の音が、戛々《かつかつ》として、曠野の静けさを破っていたが、やがて利仁が、馬を止めたのを見ると、何時、捕えたのか、もう狐の後足を掴んで、倒《さかさま》に、鞍の側へ、ぶら下げている。狐が、走れなくなるまで、追いつめた所で、それを馬の下に敷いて、手取りにしたものであろう。五位は、うすい髭にたまる汗を、慌しく拭きながら、漸《ようや》く、その傍へ馬を乗りつけた。

「これ、狐、よう聞けよ」利仁は、狐を高く眼の前へつるし上げながら、わざと物々しい声を出してこう云った。「其方、今夜の中に、敦賀の利仁が館へ参って、こう申せ。『利仁は、唯今俄に客人を具して下ろうとする所じゃ。明日、巳時頃、高島の辺まで、男たちを迎いに遣わし、それに、鞍置馬二疋、牽かせて参れ。』よいか忘れるなよ」

云い畢《おわ》ると共に、利仁は、一ふり振って狐を、遠くの叢《くさむら》の中へ、抛《ほう》り出した。

「いや、走るわ。走るわ」

やっと、追いついた二人の従者は、逃げてゆく狐の行方を眺めながら、手を拍って囃し立てた。落葉のような色をしたその獣の背は、夕日の中を、まっしぐらに、木の根石くれの嫌いなく、何処までも、走って行く。それが一行の立っている所から、手にとるようによく見えた。狐を追っている中に、何時か彼等は、曠野《ひろの》が緩い斜面を作って、水の涸れた川床と一つになる、その丁度上の所へ、出ていたからである。

「広量《こうりょう》の御使でござるのう」

五位は、ナイイヴな尊敬と讃嘆とを洩らしながら、この狐さえ頤使《いし》する野育ちの武人の顔を、今更のように、仰いで見た。自分と利仁との間に、どれ程の懸隔があるか、そんな事は、考える暇がない。唯、利仁の意志に、支配される範囲が広いだけに、その意志の中に包容される自分の意志も、それだけ自由が利くようになった事を、心強く感じるだけである。――阿諛《あゆ》は、恐らく、こう云う時に、最自然に生れて来るものであろう。読者は、今後、赤鼻の五位の態度に、幇間のような何物かを見出しても、それだけで、妄にこの男の人格を、疑う可きではない。

抛り出された狐は、なぞえの斜面を、転げるようにして、駈け下りると、水の無い河床の石の間を、器用に、ぴょいぴょい、飛び越えて、今度は、向うの斜面へ、勢よく、すじかいに駈け上った。駈け上りながら、ふりかえって見ると、自分を手捕りにした侍の一行は、まだ遠い傾斜の上に馬を並べて立っている。それが皆、指を揃えた程に、小さく見えた。殊に入日を浴びた、月毛と蘆毛とが、霜を含んだ空気の中に、描いたよりもくっきりと、浮き上っている。

狐は、頭をめぐらすと、又枯薄の中を、風のように走り出した。

――――――――

一行は、予定通り翌日の巳時《みのとき》ばかりに、高島の辺へ来た。此処は琵琶湖に臨んだ、ささやかな部落で、昨日に似ず、どんよりと曇った空の下に、幾戸の藁屋《わらや》が、疎《まばら》にちらばっているばかり、岸に生えた松の樹の間には、灰色の漣漪《さざなみ》をよせる湖の水面が、磨《と》ぐのを忘れた鏡のように、さむざむと開けている。――此処まで来ると利仁が、五位を顧みて云った。

「あれを御覧じろ。男どもが、迎いに参ったげでござる」

見ると、成程、二疋の鞍置馬を牽いた、二三十人の男たちが、馬に跨がったのもあり徒歩のもあり、皆水干の袖を寒風に翻《ひるが》えして、湖の岸、松の間を、一行の方へ急いで来る。やがてこれが、間近くなったと思うと、馬に乗っていた連中は、慌ただしく鞍を下り、徒歩の連中は、路傍に蹲踞《そんきょ》して、いずれも恭々《うやうや》しく、利仁の来るのを、待ちうけた。

「やはり、あの狐が、使者を勤めたと見えますのう」

「生得、変化ある獣じゃて、あの位の用を勤めるのは、何でもござらぬ」

五位と利仁とが、こんな話をしている中に、一行は、郎等《ろうとう》たちの待っている所へ来た。「大儀じゃ」と、利仁が声をかける。蹲踞していた連中が、忙しく立って、二人の馬の口を取る。急に、すべてが陽気になった。

「夜前、稀有な事が、ございましてな」

二人が、馬から下りて、敷皮の上へ、腰を下すか下さない中に、檜皮色《ひわだいろ》の水干を着た、白髪の郎等が、利仁の前へ来て、こう云った。「何じゃ」利仁は、郎等たちの持って来た篠枝《ささえ》や破籠《わりご》を、五位にも勧めながら、鷹揚《おうよう》に問いかけた。

「されば、でございまする。夜前、戌時《いぬのとき》ばかりに、奥方が俄《にわか》に、人心地をお失いなされましてな。『おのれは、阪本の狐じゃ。今日、殿の仰せられた事を、言伝てしょうほどに、近う寄って、よう聞きやれ。』と、こう仰有るのでございまする。さて、一同がお前に参りまするると、奥方の仰せられまするには、『殿は、唯今俄に客人を具して、下られようとする所じゃ。明日巳時頃、高島の辺まで、男どもを迎いに遣わし、それに鞍置馬二疋牽かせて参れ。』と、かう御意遊ばすのでございまする」

「それは、又、稀有な事でござるのう」五位は利仁の顔と、郎等の顔とを、仔細《しさい》らしく見比べながら、両方に満足を与えるような、相槌を打った。

「それも唯、仰せられるのではございませぬ。さも、恐ろしそうに、わなわなとお震えになりましてな、『遅れまいぞ。遅れれば、おのれが、殿の御勘当をうけねばならぬ。』と、しっきりなしに、お泣きになるのでございまする」

「して、それから、如何した」

「それから、多愛なく、お休みになりましてな。手前共の出て参りまする時にも、まだ、お眼覚にはならぬようで、ございました」

「如何でござるな」郎等の話を聞き完ると、利仁は五位を見て、得意らしく云った。「利仁には、獣も使われ申すわ」

「何とも驚き入る外は、ござらぬのう」五位は、赤鼻を掻きながら、ちょいと、頭を下げて、それから、わざとらしく、呆れたように、口を開いて見せた。口髭には今、飲んだ酒が、滴になって、くっついてる。

――――――

その日の夜の事である。五位は、利仁の館の一間に、切燈台の灯を眺めるともなく、眺めながら、寝つかれない長の夜をまじまじして、明していた。すると、夕方、此処へ着くまで、利仁や利仁の従者と、談笑しながら、越えて来た松山、小川、枯野、或は、草、木の葉、石、野火の煙のにおい、――そう云うものが、一つずつ、五位の心に、浮んで来た。殊に、雀色時《すずめいろどき》の靄《もや》の中を、やっと、この館へ辿りついて、長櫃《ながびつ》に起してある、炭火の赤い焔《ほのお》を見た時の、ほっとした心もち、――それも、今こうして、寝ていると、遠い昔にあった事としか、思われない。五位は綿の四五寸もはいった、黄いろい直垂《ひたたれ》の下に、楽々と、足をのばしながら、ぼんやり、われとわが寝姿を見廻した。

直垂の下に利仁が貸してくれた、練色《ねりいろ》の衣の綿厚なのを、二枚まで重ねて、着こんでいる。それだけでも、どうかすると、汗が出かねない程、暖かい。そこへ、夕飯の時に一杯やった、酒の酔が手伝っている。枕元の蔀《しとみ》一つ隔てた向うは、霜の冴えた広庭だが、それも、こう陶然としていれば、少しも苦にならない。万事が、京都の自分の曹司にいた時と比べれば、雲泥の相違である。が、それにも係わらず、我五位の心には、何となく釣合のとれない不安があった。第一、時間のたって行くのが、待遠い。しかもそれと同時に、夜の明けると云う事が、——芋粥を食う時になると云う事が、そう早く、来てはならないような心もちがする。そうして又、この矛盾した二つの感情が、互に剋し合う後には、境遇の急激な変化から来る、落着かない気分が、今日の天気のように、うすら寒く控えている。それが、皆、邪魔になって、折角の暖かさも、容易に、眠りを誘いそうもない。

するると、外の広庭で、誰か大きな声を出しているのが、耳にはいった。声がらでは、どうも、今日、途中まで迎えに出た、白髪の郎等が何か告れているらしい。その乾《ひ》からびた声が、霜に響くせいか、凛々として凩《こがらし》のように、一語ずつ五位の骨に、応えるような気さえする。

「この辺の下人、承われ。殿の御意遊ばさるるには、明朝、卯時《うのとき》までに、切口三寸、長さ五尺の山の芋を、老若各、一筋ずつ、持って参る様にとある。忘れまいぞ、卯時までにじゃ」

それが、二三度、繰返されたかと思うと、やがて、人のけはいが止んで、あたりは忽《たちま》ち元のように、静な冬の夜になった。その静な中に、切燈台の油が鳴る。赤い真綿のような火が、ゆらゆらする。五位は欠伸《あくび》を一つ、噛みつぶして、又、とりとめのない、思量に耽り出した。――山の芋と云うからには、勿論芋粥にする気で、持って来させるのに相違ない。そう思うと、一時、外に注意を集中したおかげで忘れていた、さっきの不安が、何時の間にか、心に帰って来る。殊に、前よりも、一層強くなったのは、あまり早く芋粥にありつきたくないと云う心もちで、それが意地悪く、思量の中心を離れない。どうもこう容易に「芋粥に飽かむ」事が、事実となって現れては、折角今まで、何年となく、辛抱して待っていたのが、如何にも、無駄な骨折のように、見えてしまう。出来る事なら、何か突然故障が起って一旦、芋粥が飲めなくなってから、又、その故障がなくなって、今度は、やっとこれにありつけると云うような、そんな手続きに、万事を運ばせたい。――こんな考えが、「こまつぶり」のように、ぐるぐる一つ所を廻っている中に、何時か、五位は、旅の疲れで、ぐっすり、熟睡してしまった。

翌朝、眼がさめると、直に、昨夜の山の芋の一件が、気になるので、五位は、何よりも先に部屋の蔀《しとみ》をあげて見た。すると、知らない中に、寝すごして、もう卯時をすぎていたのであろう。広庭へ敷いた、四五枚の長筵《ながむしろ》の上には、丸太のような物が、凡《およ》そ、二三千本、斜《ななめ》につき出した、檜皮葺《ひわだぶき》の軒先へつかえる程、山のように、積んである。見るとそれが、悉く、切口三寸、長さ五尺の途方もなく大きい、山の芋であった。

五位は、寝起きの眼をこすりながら、殆ど周章に近い驚愕に襲われて、呆然と、周囲を見廻した。広庭の所々には、新しく打ったらしい杭の上に五斛納釜《ごくのうがま》を五つ六つ、かけ連ねて、白い布の襖を着た若い下司女《げすおんな》が、何十人となく、そのまわりに動いている。火を焚きつけるもの、灰を掻くもの、或は、新しい白木の桶に、「あまずらみせん」を汲んで釜の中へ入れるもの、皆、芋粥をつくる準備で、眼のまわる程忙しい。釜の下から上る煙と、釜の中から湧く湯気とが、まだ消え残っている明方の靄と一つになって、広庭一面、はっきり物も見定められない程、灰色のものが罩《こ》めた中で、赤いのは、烈々と燃え上る釜の下の焔ばかり、眼に見るもの、耳に聞くもの悉く、戦場か火事場へでも行ったような騒ぎである。五位は、今更のように、この巨大な山の芋が、この巨大な五斛納釜の中で、芋粥になる事を考えた。そうして、自分が、その芋粥を食う為に京都から、わざわざ、越前の敦賀まで旅をして来た事を考えた。考えれば考える程、何一つ、情無くならないものはない。我五位の同情すべき食慾《しょくよく》は、実に、此時もう、一半《いっぱん》を減却してしまったのである。

　それから、一時間の後、五位は利仁や舅《しゅうと》の有仁と共に、朝飯の膳に向った。前にあるのは、銀《しろかね》の提《ひさげ》の一斗ばかりはいるのに、なみなみと海の如くたたえた、恐るべき芋粥である。五位はさっき、あの軒まで積上げた山の芋を、何十人かの若い男が、薄刃を器用に動かしながら、片端から削るように、勢よく、切るのを見た。それからそれを、あの下司女たちが、右往左往に馳せちがって、一つのこらず、五斛納釜《ごくのうがま》へすくっては入れ、すくっては入れするのを見た。最後に、その山の芋が、一つも長筵の上に見えなくなった時に、芋のにおいと、甘葛《あまずら》のにおいとを含んだ、幾道かの湯気の柱が、蓬々然《ほうほうぜん》として、釜の中から、晴れた朝の空へ、舞上って行くのを見た。これを、目のあたりに見た彼が、今、提に入れた芋粥に対した時、まだ、口をつけない中から、既に、満腹を感じたのは、恐らく、無理もない次第であろう。——五位は、提を前にして、間の悪そうに、額の汗を拭いた。

「芋粥に飽かれた事が、ござらぬげな。どうぞ、遠慮なく召上って下され」

　舅の有仁は、童児たちに云いつけて、更に幾つかの銀の提を膳の上に並べさせた。中にはどれも芋粥が、溢れんばかりにはいっている。五位は眼をつぶって、唯でさえ赤い鼻を、一層赤くしながら、提に半分ばかりの芋粥を大きな土器《かわらけ》にすくって、いやいやながら飲み干した。

「父も、そう申すじゃて。平に、遠慮は御無用じゃ」

利仁も側から、新な提をすすめて、意地悪く笑いながらこんな事を云う。弱ったのは五位である。遠慮のない所を云えば、始めから芋粥は、一椀《いちわん》も吸いたくない。それを今、我慢して、やっと、提に半分だけ平げた。これ以上、飲めば、喉を越さない中にもどしてしまう、そうかと云って、飲まなければ、利仁や有仁の厚意を無にするのも、同じである。そこで、彼は又眼をつぶって、残りの半分を三分の一程飲み干した。もう後は一口も吸いようがない。

「何とも、忝うござった。もう十分頂戴致したて。――いやはや、何とも忝うござった」

五位は、しどろもどろになって、こう云った。余程弱ったと見えて、口髭にも、鼻の先にも、冬とは思われない程、汗が玉になって、垂れている。

「これは又、御少食な事じゃ、客人は、遠慮をされると見えたぞ。それそれ、その方ども、何を致しておる」

童児たちは、有仁の語につれて、新《あらた》な提の中から、芋粥を、土器に汲もうとする。五位は、両手を蠅《はえ》でも逐うように動かして、平《ひら》に、辞退の意を示した。

「いや、もう、十分でござる。……失礼ながら、十分でござる」

もし、此時、利仁が、突然、向うの家の軒を指さして、「あれを御覧じろ」と云わなかったなら、有仁は猶《なお》、五位に、芋粥をすすめて、止まなかったかも知れない。が、幸いにして、利仁の声は、一同の注意を、その軒の方へ、持って行った。檜皮葺の軒には、丁度、朝日がさしている。そうして、そのまばゆい光に、光沢のいい毛皮を洗わせながら、一疋の獣が、おとなしく、坐っている。見るとそれは一昨日、利仁が枯野の路で手捕りにした、あの阪本の野狐であった。

「狐も、芋粥が欲しさに、見参したそうな。男ども、しゃつにも、物を食わせてつかわせ」

利仁の命令は、言下《ごんか》に行われた。軒からとび下りた狐は、直に広庭で、芋粥の馳走に、与ったのである。

五位は、芋粥を飲んでいる狐を眺めながら、此処へ来ない前の彼自身を、なつかしく、心の中でふり返った。それは、多くの侍たちに愚弄されている彼である。京童《きょうわらべ》にさえ「何じゃ。この鼻赤めが」と、罵られている彼である。色のさめた水干に、指貫をつけて、飼主のない尨犬のように、朱雀大路をうろついて歩く、憐む可き、孤独な彼である。しかし、同時に又、芋粥に飽きたいと云う慾望を、唯一人大事に守っていた、幸福な彼である。――彼は、この上芋粥を飲まずにすむと云う安心と共に、満面の汗が次第に、鼻の先から、乾いてゆくのを感じた。晴れてはいても、敦賀の朝は、身にしみるように、風が寒い。五位は慌てて、鼻をおさえると同時に銀の提に向って大きな嚏《くさめ》をした。

著者略歴

江戸川乱歩（一八九四年〜一九六五年）

三重県名賀郡名張町（現名張市）出身。本名、平井太郎。一九二三年、『新青年』に掲載された「二銭銅貨」でデビューした。一九三六年には『少年倶楽部』に「怪人二十面相」の連載が始まり、児童向けの推理小説も手がけるようになった。サディズムや残虐趣味など嗜好性の強い作風が一般大衆に受け、人気を獲得していくが、戦時中は、厳しい検閲を受け、「芋虫」が発禁になるなど、受難の時代が続く。戦後は、探偵作家クラブの創立と財団法人化に尽力するなど、執筆業以外の活動も精力的にこなした。

主な作品に、「人間椅子」「パノラマ島奇談」「陰獣」「黄金仮面」などがある。

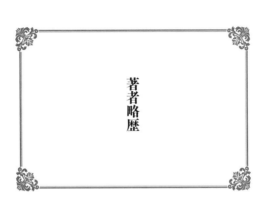

小川未明（一八八二年～一九六一年）

新潟県出身。早稲田大学生時代に坪内逍遥や島村抱月から指導を受けた。また、当時出講していたラフカディオ・ハーンによる講義にも大きな刺激を受けた。

一九〇四年、大学在学中に処女作「漂浪児」を雑誌『新小説』に発表し、好評を博した。この時、逍遙から「未明」の号を与えられた。卒業後は早稲田文学社に入り『少年文庫』の編集に携わる一方、小説や童話の創作活動は続けられた。一九二六年、「小川未明選集」を発売したのを契機に童話創作活動に専念していくことを決める。

一九二一年、代表作「赤い蝋燭と人魚」を執筆。以後も多数の作品を残した。

太宰治（一九〇九年～一九四八年）

青森県北津軽郡金木村（現在の五所川原市）出身。本名、津島修治。第二次世界大戦前から戦後にかけて、多くの作品を残した。

坂口安吾、織田作之助らとともに「無頼派」「新戯作派」と称され、新鮮な作風・価値観で人気を博した。自殺未遂や薬物中毒を繰り返すなど、いわゆる「破滅型」の作家としても知られており、作風にも実生活の影響が色濃く反映されている。

一九四八年、玉川上水で愛人の山崎富栄と入水。「桜桃忌」と呼ばれる太宰の命日には、今なお多くのファンがその死を悼む。主な作品に、「斜陽」「走れメロス」「人間失格」などがある。

夢野久作（一八八九年〜一九三六年）

福岡県福岡市出身。本名、杉山泰道。右翼の大物杉山茂丸の子として生まれる。僧侶、新聞記者などを経て作家となる。

一九二二年、杉山萌円の筆名で童話「白髪小僧」を刊行、一九二六年には、「あやかしの鼓」を雑誌『新青年』に発表した。一九二九年発表の「押絵の奇蹟」が江戸川乱歩に絶賛されるなど次第に評価が高まっていった。一人の人物の語りで物語が進行する独白体系と、本文がそのまま書簡形態である書簡体系が特徴的である。怪奇味、幻想性の濃い作品が多く、独特な世界観を作っている。主な作品に、「ドグラ・マグラ」「少女地獄」「猟奇歌」などがある。

豊島与志雄（一八九〇年〜一九五五年）

福岡県の士族の家に生まれる。小説家、翻訳家、児童文学者。

東京帝国大学文学部仏文科卒。在学中に芥川龍之介らと第三次「新思潮」を創刊し、同誌上に処女作となる「湖水と彼等」を発表。文壇に認められる。

創作だけでなく翻訳家としても活動しており、同大学を卒業後に手掛けた『レ・ミゼラブル』の翻訳はベストセラーとなった。その後法政大学や明治大学などで講師として勤め、晩年まで教職に就く。

主な作品に、『生あらば』『野ざらし』などがある。

佐々木邦（一八八三年～一九六四年）

静岡県駿東郡清水村（現・清水町）出身。六歳のときに父の仕事の関係で上京し、青山学院中等部へ進む。明治学院卒。明治学院大学教授として長年英文学に携わり、マーク・トウェインの『ハックルベリー物語』、『トム・ソウヤーの冒険』の翻訳者としても知られている。一九三六年、辰野九紫らとともにユーモア作家倶楽部を結成し、翌年には機関誌「ユーモアクラブ」を創刊した。一般的な家庭の風景など、身近なテーマをユーモラスに描く作風は大衆に広く受け入れられ、ユーモア小説の第一人者として高く評価された。

夏目漱石（一八六七年～一九一六年）

江戸の牛込馬場下横町（現在の東京都新宿区喜久井町）出身。本名、金之助。大学時代に正岡子規と出会い、俳句を学ぶ。俳号は愚陀佛。大学卒業後、東京高等師範学校、松山中学、第五高等学校で教師生活を送る。その後、官費留学生として二年間イギリスに留学し、帰国の後は東京帝国大学で教鞭をとりながら、「吾輩は猫である」を雑誌『ホトトギス』に発表した。教職を辞した後は、朝日新聞社に入社し「虞美人草」「三四郎」などを連載した。晩年は持病の胃潰瘍が悪化。「こころ」「道草」などを発表するも、「明暗」執筆中に他界した。四九歳だった。主な作品に、「坊っちゃん」「それから」などがある。

坂口安吾（一九〇六年〜一九五五年）

新潟県出身。本名、坂口炳五（へいご）。一九三一年、ナンセンスかつユーモラスな「風博士」を牧野信一に激賞され、一躍文壇デビューを果たす。

終戦後、人間の価値観・倫理観を見つめ直した「堕落論」「白痴」を発表。これが高く評価され、その人気を確かなものにした。

その後は太宰治、織田作之助らと共に無頼派・新戯作派と呼ばれ、多忙な人気作家へとなっていった。純文学に限らず、推理小説や時代小説も手掛けるなど、その多彩な作風でも知られている。

四十九歳のとき、脳出血のためにこの世を去った。

梅崎春生（一九一五年〜一九六五年）

福岡県出身。東京帝国大学国文科卒。在学中には「風宴」を発表するなど、創作活動にも取り組んだ。

卒業後は職に就くも、徴兵を受け陸軍に召集される。病気のため即日帰郷となったが、数年後には海軍に召集され、暗号特技兵として鹿児島で敗戦を迎えた。

戦後、兵士として過ごした体験をもとに書いた「桜島」「日の果て」などで新人作家としての地位を得る。「ボロ家の春秋」で直木賞、「砂時計」で新潮社文学賞、「狂ひ凧」で芸術選奨文部大臣賞を受賞。肝硬変により五十歳で急死。

他に「幻化」などの作品がある。

横光利一（一八九八年～一九四七年）

福島県出身。本名、横光利一（としかず）。一九一六年、父の反対を押し切って早稲田大学高等予科文科に入学。この頃から文学に傾倒していき、自身で創作活動も始める。一九一九年に詩人の佐藤一英から菊池寛を紹介されたことをきっかけに、菊池に師事することとなった。この関係は生涯を通して続いた。一九二三年に「蠅」「日輪」で文壇デビュー。翌年には、川端康成、片岡鉄兵らと『文芸時代』を創刊し、新感覚派の文学運動を展開した。一九三〇年に発表した「機械」は小林秀雄に絶賛された。作品には「上海」「機械」「紋章」や未完の長編小説「旅愁」などがある。

芥川龍之介（一八九二年～一九二七年）

東京出身。東京帝大英文科卒。同人雑誌『新思潮』に翻訳作品を寄稿するなど、在学中から創作活動を始めていた。一九一六年に発表した「鼻」が夏目漱石に絶賛される。卒業後は、海軍機関学校で嘱託教官に就任した。一九一九年には教職を辞し、執筆活動に専念した。今昔物語を題材にした「羅生門」「芋粥」や中国説話によった「杜子春」など数多くの短編を発表していたが、「歯車」「河童」に見られるような自伝的作品も次第に書くようになった。多くの作品を残すも、一九二七年に服毒自殺し、この世を去った。

本文表記は読みやすさを重視し、一部に新漢字、新仮名づかい、常用漢字を採用しました。

また、今日の人権意識に照らし、不当、不適切と思われる語句や表現については、作品の時代的背景と文学的価値とを考慮し、そのままとしました。

【出典一覧】

算盤が恋を語る話　『江戸川乱歩全集1　屋根裏の散歩者』（講談社）
殿さまの茶わん　『小川未明童話集』（岩波書店）
畜犬談　『太宰治全集4』（筑摩書房）
酒ぎらい　『太宰治全集10』（筑摩書房）
恐ろしい東京　『定本　夢野久作全集　第7巻』（国書刊行会）
手品師　『日本児童文学名作集（下）』（岩波書店）
或良人の惨敗　『佐々木邦全集　補巻5　王将連盟　短編』（講談社）
永日小品　『夢十夜　他二篇』（岩波書店）
風博士　『木枯の酒倉から・風博士』（講談社）
流感記　『梅崎春生全集　第七巻』（沖積舎）
蝿　『日輪・春は馬車に乗って　他八篇』（岩波書店）
桃太郎　『芥川龍之介全集5』（筑摩書房）
芋粥　『羅生門・鼻』（新潮社）

文豪たちが書いた　笑う名作短編集

2022年6月14日　第一刷

編　纂　彩図社文芸部

発行人　山田有司

発行所　〒170-0005
株式会社　彩図社
東京都豊島区南大塚3-24-4
MTビル
TEL：03-5985-8213　FAX：03-5985-8224

印刷所　新灯印刷株式会社
URL　https://www.saiz.co.jp
https://twitter.com/saiz_sha

　ISBN978-4-8013-0602-8　C0193